Liebe italienisch gewürzt

„Die komplette Geschichte ist frei erfunden. Alle Ähnlichkeiten mit lebenden Personen und/oder realen Handlungen sind rein zufällig.

Inhaltsverzeichnis

In einem kleinen Dorf in Franken

Ich sitze am Fenster und schaue hinaus in den trüben Morgen. Diesen kurzen täglichen Moment der Ruhe genieße ich. Es ist die einzige Zeit des Tages, die nur mir gehört. Ganz alleine. Meine große Tochter ist bereits in der Schule und mein Mann und mein Sohn schlafen noch. Leider währt die Ruhe nur kurz. Über den Flur brüllt es gerade: „Schatz, kannst du kommen? Der Kleine ist wach und will nur mit Mama aufs Klo!" Na klar, was sonst? Ist ja auch wahnsinnig blöd, mit Papa morgens Pipi zu machen. Also trabe ich hinüber und tue meine Pflicht. Natürlich liebe ich die Schmusestunden mit Tizian, aber manchmal wäre es trotzdem schöner, einfach mal in den Tag hinein zu träumen. Doch dieses Glück ist mir zumindest heute nicht vergönnt. „Du solltest einfach mal einen Monat abhauen", sagt meine Freundin Renate immer zu mir. Die hat gut reden. Renate ist nämlich mit ihren fünfunddreißig Jahren immer noch Single aus Überzeugung und will weder Mann noch Kinder. Ich schlage ihr dann regelmäßig vor: „Nimm *du* meine Familie und *ich* gehe, dann weißt du, warum du noch Single bist. Aber ich bin mir sicher, du würdest auch die schönen Seiten des Familienlebens schätzen lernen." Bisher hat sie immer dankend abgelehnt. Eines Tages nehme ich mir vielleicht einfach einmal Urlaub und überrede Renate, meinen Platz einzunehmen. Mal sehen, wie sie das findet.

Da fällt mir auf, Sie wissen ja noch nicht einmal, wer ich bin. Mein Name ist Sybille Wurst, vierunddreißig Jahre jung und seit dreizehn Jahren verheiratet. Wir leben im schönen Frankenland. Hans, mein Mann, ist vierzig und manchmal ein bisschen bequem. Sehr zum Leidwesen meiner Kinder und mir. Pipa, unsere Tochter, ist vierzehn und steckt mitten in der Pubertät. Kein Zuckerschlecken, sage ich Ihnen.

Viele dachten damals, es sei eine Mussheirat, doch wir kannten uns schon drei Jahre, bevor ich schwanger wurde, und die Ehe war lediglich die logische Konsequenz daraus. Wir haben im kleinen Kreis geheiratet. Es fehlte an allem, aber besonders an Geld. Als sich dann zehn Jahre später unser Sohn Tizian ankündigte, haben wir alles nachgeholt und noch einmal ganz groß und in Weiß geheiratet. Warum auch nicht? Es ist nie zu spät, um einen Traum zu verwirklichen. Während ich hier mit Ihnen so gemütlich vor mich hinträume, schreit mein Sohn schon, dass ich ihm beim Anziehen helfen soll. Heute lasse ich nicht mit mir handeln, er zieht das an, was ich sage, und nicht, was er gerne möchte. Ab und an muss ich mal die strenge Mama rauskehren, damit er mir mit seinen knapp vier Jahren nicht zu sehr auf dem Kopf herumtanzt. Renate, die ja so viel Ahnung von Kindererziehung hat, erklärt mir immer wieder, wie wenig konsequent ich doch manchmal in meinen Entscheidungen bin. Vielleicht hat sie damit auch ein bisschen recht, doch seien wir mal ehrlich: Wer hat schon den Nerv, den ganzen Tag Diskussionen mit seinen Kindern zu führen? Ich jedenfalls nicht. Nachdem wir den Anziehmarathon nun endlich hinter uns gebracht haben, Tizian seinen Kaba und ich meinen Kaffee schlürfe, gesellt sich auch

Hans zu uns. Wie jeden Morgen mit der gleichen und extrem wichtigen Frage: „Machst du mir einen Kaffee?"

Und natürlich antworte ich wie immer: „Schon unterwegs!" Ach ja, was wäre eine gute Ehe ohne ihre alltäglichen, liebevollen Rituale. Ich treibe mein Söhnchen zur Eile an, weil er gleich von der Mutter seines besten Freundes Florian abgeholt wird.

Zwanzig Minuten später haben dann auch Mann und zweites Kind das Haus verlassen. Jetzt könnte eigentlich wieder Ruhe bei mir einkehren, aber weit gefehlt. Nun geht es erst richtig los. Im Galopp renne ich die Treppe nach oben zu den Schlafräumen, um wenigstens schnell noch die Betten zu machen. Ich habe in unserem Keller einen kleinen Laden eingerichtet. Im Angebot ist vielerlei, wie Kerzen, Porzellanfiguren, aber auch nützliche Dinge wie Schmuck und Kosmetik. Seit zwei Jahren bin ich nun also stolze Geschäftsinhaberin und es läuft erstaunlich gut. Wer hätte gedacht, dass Mütter auf dem Land üppigen Bedarf an Nippes haben? Nach der Turbohausarbeit stürme ich zwei Treppen nach unten in den Ladenbereich, um mit Entsetzen festzustellen, dass bereits drei Kundinnen vor der Tür warten. Seufzend setze ich ein strahlendes Lächeln auf und öffne die Tür. „Guten Morgen, Sybille! Na, hast du schon das Neueste gehört? Unsere Durchgangsstraße soll mal wieder gesperrt werden, wie komme ich denn jetzt noch vernünftig zum Einkaufen? Gut, dass du noch da bist." Frau Rabenhorst oder besser gesagt Nancy redet ohne Pause auf mich ein und zieht dabei die anderen zwei

Kundinnen mit sich in den Innenbereich. Geistig schalte ich auf Durchzug, lächle an den passenden Stellen und beschäftige mich schon mal in Gedanken mit dem Abendessen. Habe ich alles oder muss ich nach Ladenschluss noch mal los und den Rest besorgen? Verstohlen schreibe ich mir bei der Kasse einen Zettel: Vorräte prüfen. Der Vormittag plätschert ereignislos dahin, ich verkaufe einige Stücke, zeichne neue Ware aus und überlege, was ich als Nächstes in das Sortiment aufnehmen oder besser nicht mehr führen sollte. Ich sehe auf die Uhr und stelle fest, dass es doch schon kurz vor zwei ist. Gerade möchte ich die Tür schließen, da hetzt völlig außer Atem meine Freundin Renate die Außentreppe herunter und rennt mich fast um, weil sie mich nicht in der Türöffnung stehen sieht. „Oh mein Gott! Sybille, du glaubst es nicht." Da so ziemlich jeder zweite Satz so anfängt, wenn Renate mich besucht, bin ich nicht sonderlich aufgeregt. „Hi, Süße! Was gibt's?" „Na, du warst aber auch schon mal freundlicher", erhalte ich verstimmt Antwort. Doch anscheinend muss sie unbedingt etwas loswerden, denn entgegen ihrer sonstigen Art, jetzt erst einmal eingeschnappt zu sein, holt sie schon wieder Luft und legt los. „Ich komme geradewegs von der Maniküre und wollte mir dann natürlich auch noch die Nägel machen lassen." Ich verkneife mir ein hämisches „natürlich" und höre weiter pflichtschuldig zu. „Da öffnet sich die Tür zum Studio und ein Bild von einem Mann tritt über die Schwelle. Sybille, der war einfach umwerfend! Er sah sich suchend um und ich dachte mir, der will bestimmt jemanden abholen. Aber dann ..." Renate verstummt plötzlich und grinst dümmlich vor sich hin. Hoppla! „Ja, was dann?", frage ich nun doch interessiert. Aber meine Freundin träumt mit offenen Augen. Erst, als ich sie unsanft anstupse, reagiert sie. „Aua! Also, sein Blick fällt auf mich und ein wahnsinnig sympathisches Lächeln breitet sich auf seinem Gesicht aus. Aber es kommt noch besser! Ehe ich überhaupt begreife, was passiert, eilt er auf mich zu, nimmt mich bei der Hand und sagt: ,Renate, da bist du ja.' Sprachlos starre ich diesen tollen Mann an und denke: Verdammt, woher kennt der mich?" Wieder bricht sie ihre Erzählung ab. Jetzt hat sie mich richtig neugierig gemacht und deshalb entgegne ich unwirsch: „Willst du mir heute noch erzählen, wie es weitergeht, oder soll ich mir morgen einen Termin für dich freihalten?" „Oh, du bist aber schlecht gelaunt. Um es kurz zu machen, als ich meine Sprache wiedergefunden hatte, fiel mir wirklich nichts Besseres ein, als zu fragen, woher der Typ mich kennt.

Und jetzt halt dich fest. Kennst du Eddie?" Klar kenne ich Eddie. Renates On-off-Freund aus Jugendtagen. Lange ist es her. Die beiden haben sich dann irgendwann endgültig getrennt und Eddie ist ausgewandert nach Australien. Ich nicke also heftig zur Bestätigung. „Er ist auf Besuch da und hat überall nach mir gefragt. Weil er mich unbedingt ,um der alten Zeiten willen' sehen möchte. Außerdem will er wissen, wie es mir so ergangen ist und was ich mache.

Der gute Eddie." „Schön, aber was hat das nun mit dem Mann im Nagelstudio zu tun?" „Ach ja, das ist Rudolfo, der beste Freund von Eddie. Mit ihm ist er nach Deutschland gekommen, um seine Verwandtschaft zu besuchen. Alleine zu reisen ist ja doch recht öde. Marie von gegenüber, die ja immer gut informiert ist, wie du weißt, hat Eddie gesteckt, wo ich gerade bin. Aber er musste zu irgendeinem Termin und bat Rudolfo, mich aufzuspüren, damit ich ihm nicht durch die Lappen gehe. Die beiden sind nämlich nur heute und morgen hier und fahren dann weiter nach Düsseldorf. Verwandte von Rudolfo besuchen." „Und woher wusste dieser Schönling, wie du aussiehst?" „Ha, ha!", lacht Renate triumphierend auf. „Eddie scheint mich so gut beschrieben zu haben, dass er sofort wusste, wer ich bin! Was wieder einmal beweist, wie gut ich mich für mein Alter gehalten habe." Da war er, der zweite Lieblingssatz meiner besten Freundin. Nein, sie hat keinen Jugendwahn, aber einen etwas sehr ausgeprägten Selbsterhaltungstrieb. Sie würde sich niemals operieren lassen. Aber alle anderen Methoden sind durchaus denkbar. Ich glaube, es gibt keine Diät, welche Renate nicht schon probiert hat. Im Leben meiner Freundin dreht sich alles um die Schönheit, ihre Schönheit. Zugegeben, für Mitte dreißig sieht sie noch richtig heiß aus, aber sie hat ja auch keine Kinder, die ihr die Zeit und die Figur rauben. Die langen rotbraunen Haare sind immer perfekt gestylt, das Outfit ist aufeinander abgestimmt und das Make-up ist tagsüber dezent unterstreichend und abends verführerisch in Szene gesetzt. Häufig lache ich über ihre Exzentrik, und Hans und ich albern oft herum, wie verloren Renate als Hausfrau mit Kindern wäre, aber manchmal bin ich auch ein klein bisschen neidisch auf sie. Verstehen Sie mich jetzt nicht falsch, ich liebe meinen Mann und meine Kinder. Es ist das Leben, das ich immer führen wollte. Es geht uns gut, wir können uns auch mal was leisten und unsere Ehe läuft perfekt. Hans ist mein Traummann. Welche Frau kann das nach vierzehn Jahren schon noch sagen? Trotzdem erwische ich mich ab und zu mal dabei, mir zu wünschen, ein freier Mensch zu sein, so wie Renate. Ohne Verpflichtungen und diesen ständigen Haushalt. Wie herrlich wäre es, einfach einmal wieder nur so in den Tag hineinzuleben. Fortzugehen, wann und wohin ich möchte, ohne mir Gedanken machen zu müssen, wer auf die Kinder aufpasst - oder ob wir zu zweit gehen können oder wieder mal einer, meistens ich, den Kürzeren zieht und auf die Kinder aufpasst. Mühsam verdränge ich diese unseligen Gedanken wieder und frage: „Wo ist denn dieser Rudolfo jetzt und wo ist Eddie?"

„Rudolfo sitzt außen im Wagen und wartet auf mich, er möchte mich nach Hause bringen. Ein wahrer Gentleman. Eddie möchte heute Abend mit mir essen gehen. Er hat schon einen Tisch reserviert im Barnabus." Wow, das ist das teuerste und beste Restaurant in der nächstgrößeren Stadt. Der lässt es aber ganz schön krachen. „Komm, ich stelle dich kurz vor. So, wie es in meinem Kleiderschrank aussieht, muss ich wohl noch einmal shoppen gehen. Das wird knapp bis heute Abend." „Nö, lass mal, ich muss den nicht sehen", wehre ich verlegen ab und sehe an meinem Streifenshirt und der bequemen Jeans herunter. Die blonden langen Haare sind zu einem Zopf zusammengefasst und ich trage kaum Make-up. Wenn der tatsächlich so gut aussieht, wird es peinlich für mich. Wie immer übergeht Renate jedoch meine Zurückhaltung, weil sie wenig Gespür für so etwas hat. Ergreift unsanft meinen Arm und zerrt mich die Treppe zum Auto hinauf. Dort steht eine große Limousine in Grafit und hinter dem Lenkrad sitzt ein äußerst attraktiver, dunkelhaariger Mann, der sich nun mit einer eleganten Fließbewegung aus dem Auto schlängelt und sich an der Motorhaube aufbaut. Er strahlt mich mit ebenmäßigen weißen Zähnen an und hält mir die Hand hin. „Hallo, Sybille, sehr erfreut. Mein Name ist Rudolfo de la Rolenta!" Was für ein Name! Stumm ergreife ich seine große Hand und knirsche mit den Zähnen bei dem festen Händedruck. Sofort lockert sich der Griff und er schaut erschrocken drein. Das wiederum lässt ihn so jungenhaft wirken, dass ich lachen muss. „Machen Sie sich keine Sorgen, meine Knochen sind noch alle heil", scherze ich lächelnd. Die Stimmung lockert sich und wir plaudern ein bisschen über die Reise und woher er und Eddie sich kennen. Dann bläst Renate zum Aufbruch und wir verabschieden uns voneinander. Dieses Mal jedoch ohne Händedruck. Noch immer beschwingt von der höchst willkommenen Abwechslung an diesem Vormittag, schließe ich ab und begebe mich wieder in das Erdgeschoss, um meine gleich aus der Schule kommende Tochter zu empfangen.

Zuhause bei Sybille

Ich möchte ja nicht meckern, aber Renates Abend verlief mit Sicherheit um einiges spektakulärer als meiner. Es gab Spaghetti und den alltäglichen Streit zum Thema Tischabräumen. Danach verkündete mir mein geliebter Mann, er hätte noch zu arbeiten, und verzog sich ins Büro, und ich brachte die Kinder ins Bett. Wenn Hans noch in seinem Büro ist, hat das durchaus auch Vorteile. Mir bleibt dann nämlich genügend Zeit, um durch das Fernsehprogramm zu zappen und alles zu sehen, was Hans nicht so gerne sieht. Er schaut sich hauptsächlich Reportagen oder Fußball an. Manchmal auch noch Formel 1, also nicht unbedingt Sendungen, die Frauenherzen höherschlagen lassen.

Aber als pflichtschuldige Ehefrau sehe ich sie mir natürlich mit an. Der Nachteil an meinem fernsehabendlichen Alleingang war, ich hatte Zeit und malte mir in den schillerndsten Farben aus, wie wohl das Date zwischen meiner besten Freundin und Eddie ablaufen würde. Wieder überkam mich so etwas wie Neid. Nicht auf Renate, aber darauf, dass sie abends ausgeht und ich zu Hause vor dem Fernseher sitze. Allein! Ich weiß gar nicht, wann Hans und ich das letzte Mal so richtig schick essen waren. Es ist bestimmt ein Jahr her. Wie schade. Genug über den vergangenen Abend gejammert.

Nach einem schnellen Frühstück stehe ich inzwischen wieder in meinem Laden und bin schon ganz unruhig, weil ich immer noch nichts von meiner Freundin gehört habe.

Da ich so neugierig war, habe ich gleich nachdem die Kinder außer Haus waren eine SMS geschrieben, wohl wissend, dass sie um diese Zeit noch schläft. Ein kurzer Blick auf die Uhr sagt mir, Renate ist jetzt wach.

Wahrscheinlich schält sie sich gerade aus ihrer obligatorischen Schlafmaske, mit der sie immer wie ein Elch aussieht. Um elf liege man nicht mehr im Bett, denn der Körper solle nicht weniger als sieben, aber auch nicht mehr als neun Stunden Schlaf bekommen, werde ich immer belehrt. Das sei schlecht für die Attraktivität. Damit hat sie sicherlich recht, aber sie hat schließlich auch keine Kinder, die ausreichend Schlaf schier unmöglich machen.

Umso stolzer bin ich, noch halbwegs gut auszusehen, trotz chronischen Schlafmangels. Kribbelig sehe ich auf mein Handy, nur um festzustellen, dass ich keine Nachricht bekommen habe. Unverschämtheit, sie weiß genau, wie sehr ich auf Neuigkeiten brenne.

Insgeheim setze ich mir noch eine Frist von einer halben Stunde. Wenn Renate sich bis dahin immer noch nicht gemeldet hat, werde ich anrufen. Gerade heute ist wenig los und der Vormittag zieht sich. Verzweifelt greife ich zu meinem Terminkalender, um zu sehen, was diese Woche noch so alles ansteht. Oh je, morgen muss ich mit Pipa zum ersten Mal zum Kieferorthopäden. Das wird nicht lustig und am Ende mit Sicherheit auch teuer. Leider sieht meine Tochter mit ziemlich starkem Überbiss die Notwendigkeit einer festen Spange so gar nicht. Da kommen noch ein paar handfeste Diskussionen auf mich zu.

Eine wie Kaugummi ziehende halbe Stunde neigt sich ihrem Ende zu. Gerade greife ich beherzt zum Hörer, da öffnet sich die Ladentür und herein spaziert Frau Göpp. So heißt Renate mit Nachnamen. Ihr auf dem Fuß folgen zwei Kundinnen. Die erste drängt meine Freundin unsanft zur Seite, nachdem diese zögernd stehen bleibt, und nimmt mich in Beschlag.

„Sagen Sie mal, Frau Wurst, ich habe doch letztens erst bei Ihnen diese wundervollen Kerzen gekauft. Erinnern Sie sich noch?" Logisch, außer dir hatte ich ja vergangenen Monat nur so um die hundert Kundinnen. Meine grauen Zellen strengen sich verzweifelt an und greifen nach dem Erstbesten, das ihnen einfällt. „Ich glaube, das war eine große Duftkerze", antworte ich hoffnungsvoll. Verblüfft sieht mich die Frau an. „Sie wissen es noch, da bin ich aber beeindruckt!" Ich auch, das können Sie mir glauben. Liebenswürdig lächelnd zeige ich nun auf den Stand mit meiner aktuellen Auswahl an duftenden Wachsexemplaren und überlasse die Dame erst einmal ihrer Schnüffelei. Währenddessen hat sich schon die zweite Kundin an mich herangepirscht. Aus dem Augenwinkel bemerke ich Renate, die am Ende des Ladens von einem Fuß auf den anderen tritt und nicht weiß, wohin mit ihren Händen. Sie ist nervös, doch noch habe ich keine Zeit für sie. Häkelgarn für eine My-Boshi-Mütze ist dieses Mal gefragt. Eine passende Anleitung und Größenberatung wird zusätzlich benötigt. Nach der Bezahlung ist dann auch Kundin Nummer eins fündig geworden. Sie hat sich für die Cappuccino-Kerze entschieden. Diese wird noch von mir fachgerecht zum Geschenk verpackt und Renate platzt gleich.

Kaum ist der Laden leer, stürmt sie auf mich zu und drückt mich, dass mir ganz schwindelig wird. „Was ist denn mit *dir* los?", befreie ich mich atemlos aus ihrer Klammerumarmung. „Er will mich mitnehmen!" Schreit sie schrill in mein Ohr. „Nach Düsseldorf? Soll ja zum Shoppen nicht schlecht sein, also genau deine Welt", antworte ich amüsiert. „Wie kommst du denn auf Düsseldorf? Nach Australien natürlich!" Kurzzeitig setzt die Verbindung zwischen Gehirn und Sprechmuskel bei mir aus. Nun weiß ich, wie meine Teenagertochter sich manchmal fühlt. Interessante Erfahrung. Entgeistert starrt mich Renate an. Mit Schweigen hat sie wohl nicht gerechnet. Wie bei einem Fisch schnappt mein Mund nach Luft, um endlich ein „oh" zu formen. „Ist das alles?" Meine beste Freundin ist sichtlich irritiert. Sybille, reiß dich mal zusammen! Nun findet endlich mein Gehirn seine Sprache wieder und jetzt klappt es auch mit der Artikulation. „Was willst du denn bei den Kängurus? Wie stellt ihr euch das eigentlich vor? Ihr habt euch Jahre nicht gesehen und nach einem gemeinsamen Abend sollst du mit nach Australien gehen? Will er dich etwa heiraten oder hat er schon Familie? Ist ja nicht auszuschließen in seinem Alter." „Sybille! Möchtest du auch antworten oder mich weiter niedermachen?", mault Renate mich höchst verstimmt an. Achselzuckend stehe ich vor ihr. Mein Gehirn und Mund kooperieren schon wieder nicht miteinander. Das wird langsam echt lästig. Ich muss bei Gelegenheit mal mit Pipa darüber sprechen. Sie kennt sich da schließlich aus.

Verschwörerisch blickt meine Freundin mich an und erklärt: „Er hat dort so etwas wie eine Farm. Mit Tieren und Landwirtschaft. Inzwischen läuft das Ganze wohl so gut, dass er mehrere Angestellte hat und gut davon lebt. Eddie ist der Meinung, eine weibliche Hand fehlt jedoch noch im Haus und auf dem Hof. Wir haben uns gestern wirklich gut verstanden und da hat er mir spontan das Angebot gemacht, ihn in Australien zu besuchen. Nachdem Eddie wieder aus Düsseldorf zurück ist, möchten wir uns noch einmal sehen und meine Reise zu ihm planen. Vielleicht wird aus uns ja wieder ein Paar." Strahlend sieht sie mich an und ich glotze mit offenem Mund zurück. Nachdem schon langsam ein Spucketeich auf meiner Zunge entsteht, schlucke ich diesen mühsam herunter und krächze. „Hat der Mann eigentlich noch alle Tassen im Schrank? Ich meine, er kennt dich nicht so gut wie ich, ist schon klar, aber was sollst du denn in Australien? Bei Viehzucht und Ackerbau. Hattest du gestern den Eindruck, Eddie sieht schlecht?" Renates Gesicht läuft rot an. Auweia. „Nein, ich hatte nicht den Eindruck, dass er schlecht sieht, im Gegenteil, ich denke, er hat erkannt, was so alles in mir steckt." Prustend entgegne ich: „Ja, eine Bäuerin. Sag mal, hast du dir gestern etwa ein Dirndl gekauft?" Nun wird sie richtig wütend und sieht mich mit glitzernden Augen an. „Du kannst so gemein sein. Nein, ich hatte etwas Hautenges, Rotes von Prada an, wenn du es genau wissen willst. Und ich denke, du bist nur neidisch, weil du hier mit Mann und Kindern festsitzt und ich die Chance habe, nach Australien zu gehen." Oh verflixt, sie ist wirklich sehr sauer. Ich versuche, die Wogen wieder zu glätten. „Süße, nun sei nicht gleich so eingeschnappt. Aber sieh mal, ich kenne dich nun schon seit zwanzig Jahren und weiß, wie extrem wichtig dir deine Unabhängigkeit ist. Dort wärst du immer irgendwie von Eddie abhängig. Willst du das wirklich?" Vorsichtshalber lasse ich beiseite, dass Renate nicht zur Bäuerin oder Sonstigem taugt. „Hm, daran habe ich noch gar nicht gedacht. Vielleicht lasse ich mir das alles noch mal in Ruhe durch den Kopf gehen. Wenn Eddie wieder da ist, sollten wir uns darüber auf jeden Fall unterhalten." Beruhigt, meine Freundin wieder ein bisschen auf den Boden der Tatsachen gebracht zu haben, verabschiede ich mich von ihr. Mein Tagesplan ist durch unsere lange Plauderei schon wieder gefährlich in Schieflage geraten. Tizian muss dringend vom Kindergarten geholt werden und einkaufen will ich auch noch. Am besten vorher. Wie Sie ja wohl selbst wissen, ist Einkaufen mit Kindern nicht witzig. Ständig umschiffst du irgendwelche Hindernisse. Die ganze Zeit heißt es: „Mama, ich will aber den Wagen mit dem Auto. Mama, ich möchte heute aber lieber Käse. Mama, kannst du mir nicht Götterspeise und Schokoladenjoghurt kaufen?" Und so weiter. Ich weiß nicht, wer am Ende glücklicher den Supermarkt verlässt. Tizian, weil er doch so ab und an seinen Willen bekommen hat, oder ich, weil ich es geschafft habe, nicht in allem nachzugeben und deshalb noch ein paar Euro mehr im Geldbeutel habe.

Am Abend diskutiere ich mit Hans Renates Vorhaben, eventuell Australien zu bereisen und vielleicht dort sesshaft zu werden. Er reagiert wie erwartet mit schallendem Lachen. Mein Mann hält Renate sowieso für komplett lebensunfähig und fragt mich oft, warum wir eigentlich schon seit zwanzig Jahren befreundet sind. Da gibt es so einige Gründe, denn abgesehen davon, dass wir in vielen Dingen grundverschieden sind, ist sie der beste Mensch, den man an seiner Seite haben kann. Sie ist grundehrlich und immer geradeheraus, auch wenn es manchmal wehtut, aber bei ihr weiß ich, das sie nichts zu mir sagen würde, nur weil ich es hören möchte. Klar, ihre Räucherstäbchen sind der Horror, kommt man zu ihr nach Hause, wird man immer an die Haschbuden der Siebzigerjahre erinnert. Auch ihre Vorliebe für Feng-Shui treibt mich schon mal in den Wahnsinn. Ihre ganze Wohnung ist danach ausgerichtet, und wenn es nach Renate ginge, wäre es auch unser Haus. Bis jetzt konnte ich mich bis auf den Garten jedoch erfolgreich wehren. Unser Garten ist ein wahres Feng-Shui-Paradies, dank der Gestaltungswut meiner besten Freundin. Sie hat alle Arbeiten der Gärtner strengstens überwacht.

Da meine Eltern lange Zeit gesundheitsbedingt nicht in Deutschland lebten, hat sie mir in all den Jahren auch so manches Mal die Familie ersetzt. „Was will Renate denn mit ihren manikürten Fingernägeln im Busch? Die würde doch niemals in der Erde wühlen. Selbst beim Anblick eines Regenwurms bekommt sie schon einen Schreikrampf. Ist ihr denn nicht klar, dass sie sich da auch ab und zu die Hände schmutzig macht?", will Hans nun von mir wissen.

„Was? Tante Renate will Gärtnerin werden?" Pipa stürmt in den Raum und hat offensichtlich gelauscht, aber nur die Hälfte gehört. Ihre Gesichtszüge zeigen eine Mischung aus Entsetzen und Unglauben. Eine Höchstleistung für einen Teenager, glauben Sie mir. Renate ist Pipas Patentante und das große Vorbild meiner Tochter. Wenn sie erwachsen ist, möchte sie genau das gleiche Leben führen wie meine beste Freundin. Sie übersieht dabei die Schattenseiten und dass Renate für ihre finanzielle und private Unabhängigkeit hart arbeitet. Meine Freundin hat seit zehn Jahren eine kleine, erfolgreiche Kunstgalerie. Den Erfolg musste sie sich schwer erkämpfen. Ihr ehemaliger Chef war mehr als verärgert, als ihm seine beste Kraft und Aushängeschild der Galerie erklärte, sie mache sich nun selbstständig. Natürlich erfuhren die Kunden davon und haben sich auch in Renates Galerie umgesehen. Doch das Problem war, dass zu Beginn kein großer Künstler bei ihr ausstellen wollte. Warum? Nun ja, sagen wir es mal so, es gab da jemanden, der schon viel länger im Geschäft war und mehr Personen kannte. Hartnäckigkeit gepaart mit Charme zahlte sich dann doch aus, und heute kann Renate jeden Künstler haben. Der Nachteil: Vernissagen sind meistens abends oder an den Wochenenden, eben wenn die arbeitende Gesellschaft Zeit hat. Also ist ein Beziehungsleben mit ihrem Beruf schwer zu vereinbaren.

„Nein," antworte ich meiner Tochter erklärend, „Renate wird nicht Gärtnerin. Überhaupt ist das ein Erwachsenengespräch und geht dich gerade mal nichts an." „Wenn es um meine Patentante geht, dann geht mich das sehr wohl was an," mault Pipa. „Ich werde dir morgen alles erzählen, jetzt geh bitte ins Bett, es ist schon spät und du schreibst morgen Schulaufgabe." Trotzend stapft meine Tochter davon. Dank meiner Tochter habe ich einen Weg gefunden, Renate ins Gewissen zu reden. Sie liebt ihre Kunstgalerie und hat so viel dafür getan, um in den Künstlerolymp aufgenommen zu werden. Wenn sie jetzt nach Australien ginge, müsste sie vielleicht ihre Galerie verkaufen. Für Renate bisher immer undenkbar. Grinsend sehe ich Hans an. „Ich glaube, es gibt einen Weg, damit sich meine Freundin diese Flausen wieder aus dem Kopf schlägt."

Eine Woche später

Inzwischen sind sieben Tage ohne Eddie vergangen und ich habe den Eindruck, Renate ist wieder in der Realität angekommen. Zumindest halbwegs.

Wovon sie sich jedoch nicht abbringen lässt, ist ihre Reise nach Australien. Sie will unbedingt dahin und ich habe einfach Bedenken, dass wie bei meiner Tochter in ähnlichen Situationen dann der gesunde Menschenverstand aussetzt und sie sich zu etwas überreden lässt, was sie später bereut.

Wie geplant, habe ich an besagtem Abend noch mit Renate telefoniert und ihr zu bedenken gegeben, was dann aus ihrem Geschäft werden soll. Sie war bestürzt, denn tatsächlich hatte sie kaum einen Gedanken daran verschwendet, was langfristig gesehen passiert. Unglaublich, bei einer so durchorganisierten und harten Geschäftsfrau. Aber Eddie scheint, auch nach all den Jahren, immer noch einen Kurzschluss bei ihr auszulösen.

Allerdings kann ich mich am heutigen Abend nur bedingt auf Renate und ihre Pläne mit Eddie konzentrieren, denn ich habe noch ein Problem.

Hans benimmt sich seit einiger Zeit merkwürdig. Bisher habe ich das immer der Arbeit zugeschrieben. Mein Mann ist selbstständiger Unternehmensberater und von daher viel unterwegs. Wenn er dann mal zu Hause ist, sitzt er meistens im Büro und arbeitet oft bis tief in die Nacht Verträge oder Konzepte aus. Doch heute Morgen kam ich an seiner angelehnten Bürotür vorbei, als er gerade telefonierte. Da fiel ein Satz, der mich stutzig machte, und ich blieb entgegen meiner Gewohnheit stehen.

„Lydia, jetzt mach mal halblang. Wir haben doch schon so oft darüber gesprochen. Lass mich jetzt nicht im Stich!" Meine Füße waren wie festgenagelt, ich konnte einfach nicht weitergehen, obwohl es mir höchst unangenehm war zu lauschen. Nach kurzem Zuhören antwortete Hans wieder. „Ja, ich weiß, was ich Sybille zumuten kann, und ich werde es ihr sagen, versprochen, aber nicht jetzt. Im Moment halte ich das einfach für keine so gute Idee." Der Boden unter meinen Füßen schwankte und drohte mir immer näher zu kommen. Mit Mühe hielt ich mich aufrecht, um mich möglichst geräuschlos ins nächstbeste Zimmer zu flüchten. Ausgerechnet im Chaoszimmer meiner Tochter brach ich weinend auf dem Bett zusammen. War das die Wirklichkeit? Habe ich aus Versehen gerade mitbekommen, wie Hans mit seiner Geliebten gesprochen hat? Oder habe ich alles einfach nur falsch verstanden? Aber was kann man an so einem Telefonat eigentlich missverstehen? Betrügt mich mein Mann eventuell schon seit ewigen Zeiten und ich habe es nicht gemerkt?

Was, wenn er mich tatsächlich verlassen will? War das der Inhalt dieses ominösen Telefonats? Besitzt er die Dreistigkeit, mich nach Strich und Faden zu belügen und betrügen? Ich weiß es nicht. Nachdem ich mich wieder halbwegs im Griff habe, nehme ich mir vor, meinen Mann am Abend zur Rede zu stellen.

Als ich Charlotte, der Mutter von Fabian, etwas von einem kleinen Beziehungsnotfall erzähle, erklärt sie sich bereit, auch einmal unter der Woche Tizian bei sich schlafen zu lassen. Pipa schläft ausnahmsweise bei einer Freundin.

Ich mache mich sorgfältig zurecht. Da ich eine entspannte Atmosphäre möchte, koche ich heute nicht und lasse etwas vom Chinesen kommen. Nach einem kurzen Telefonat mit ihm weiß ich, um Punkt sieben Uhr kann das Essen kommen, dann ist er zu Hause. Kennen Sie das Gefühl, wenn Sie innerlich völlig aufgewühlt sind, weil Sie mit dem Schlimmsten rechnen? Ich will aber ruhig und gelassen erscheinen. Wir sind vierzehn Jahre verheiratet, da muss ich ihm diese Chance geben, es mir sagen zu können, ohne dass ich gleich eine Szene mache. Um die kommt er nicht herum, mit Sicherheit, aber erst nach dem Geständnis. Es ist bereits Viertel nach sieben, als der Schlüssel in der Haustür schließt, und ich bemühe mich um gute Laune. Da wir einen offenen Wohn-Essbereich haben, sieht Hans schon den gedeckten Tisch und guckt etwas verdattert. Sofort eile ich auf ihn zu und begrüße ihn. „Hallo, mein Süßer, na, wie war dein Tag?" „Ganz okay. Gibt es was zu feiern oder habe ich unseren Hochzeitstag vergessen?", fragt er irritiert. „Nein, weder noch. Ich wollte einfach einmal wieder einen schönen Abend mit dir ohne Kinder genießen", erwidere ich und ziehe ihn gleichzeitig zum Tisch. Hans ist nicht ganz wohl in seiner Haut, wie ich bemerke, als er an seiner Krawatte rumnestelt. „Das geschieht dir ganz recht!", denke ich und gieße uns beiden Wein ein. Mit ein bisschen Alkohol gehen einem so manche Geständnisse leichter von der Zunge. Wie geplant, verläuft unser Essen gut und wir plaudern über alles Mögliche.

Ein Hauptthema ist dabei unser nächster Urlaub. Zum Schein steige ich ein und mache Vorschläge, wohin die Reise gehen könnte. Innerlich koche ich vor Wut, dass er tatsächlich die Dreistigkeit besitzt, mit mir einen Urlaub zu planen, während er dieser Lydia verspricht, mir die Wahrheit zu sagen. Aber das hat er gar nicht vor. Er hält sie hin und mich lässt er in dem Glauben, dass bei uns alles in bester Ordnung sei. Was für ein Schuft, wie konnte ich mich nur so täuschen lassen? Hans erläutert mir gerade die Vorteile der Türkei im Vergleich mit Kroatien, meinem Wunschziel. „Jetzt reicht's!", rufe ich plötzlich und mein Mann klappt den Mund zu. „Hast du mir nicht vielleicht noch etwas anderes Wichtiges zu erzählen?" Unbehaglich rutscht er auf seinem Stuhl herum und ich wappne mich innerlich. „Na ja, eigentlich solltest du es ja schon lange erfahren, aber irgendwie hat sich nie der rechte Zeitpunkt ergeben, um in Ruhe darüber zu sprechen."

„Aha", gebe ich reserviert zurück. Hans räuspert sich und trinkt noch einen Schluck Wein. Ich fürchte, er macht einen Rückzieher, denn die Pause wird allmählich lang, deshalb sage ich: „Heute haben wir Zeit." Nickend sieht mein Mann mich an und erscheint mir plötzlich etwas blass um die Nase. „Also, die Sache ist Folgende. Sybille, ich hoffe, du verstehst mich, ich tue das für uns." Na, der hat ja Nerven. Mühsam beherrsche ich mich. „Also, um es geradeheraus zu sagen. Ich habe mich dazu entschieden, nicht mehr alleine zu arbeiten. Was bedeutet, ab nächstem Monat werde ich einen Partner beziehungsweise eine Partnerin haben. Wie du weißt, hatten wir die letzten Jahre so wenig Zeit füreinander und das Geschäft läuft so gut, dass es Sinn macht, noch jemanden mit ins Boot zu holen. Sicher, zu Beginn werden wir finanziell vielleicht einen Einschnitt spüren, aber auf Dauer zahlt sich das an Lebensqualität aus. Ich werde auch nicht jünger. Sybille, alles in Ordnung?" Nein, nichts ist in Ordnung. Ich habe nur die Hälfte mitbekommen von dem, was Hans mir gerade erzählt hat. Er nimmt eine Partnerin mit in die Unternehmens- Beratung. Das wird ja immer schlimmer. Jetzt weiß ich auch, warum er mir das so lange verschwiegen hat. Damit ich ja nichts mehr dagegen unternehmen kann. So ist er offiziell nur beruflich an sie gebunden, und während mein Mann dann sogenannte Überstunden schiebt, sitze ich brav daheim. Aber nicht mit mir. „Was fällt dir eigentlich ein?!", fahre ich ihn hochrot im Gesicht an. „Du hältst dich wohl für besonders schlau. Es gibt bestimmt mehr als genug Frauen, die sich so etwas gefallen lassen würden. Ich nicht. Du musst dich entscheiden, Hans, entweder sie oder ich!" Wütend rausche ich aus dem Esszimmer und lasse meinen Mann alleine zurück. Oben im Schlafzimmer packe ich kurzerhand seine Bettsachen und schmeiße sie über das Geländer. „Du schläfst heute auf dem Sofa. Da kannst du schon mal proben, wie das ist, ohne mich zu sein." Mit Schwung knalle ich die Tür zu, schmeiße mich aufs Bett und weine bitterlich.

In einem kleinen Winkel meines Herzens bin ich immer noch fassungslos, wie Hans mir das antun kann. Wir haben uns immer so gut verstanden. Ich dachte wirklich, er liebt mich auch nach all den Jahren immer noch von ganzem Herzen. Wieso habe ich nur nichts gemerkt? Aber sogleich fällt mir der Standardsatz von Renate ein. „Die betrogene Ehefrau ist immer die Letzte, die es merkt." Aufgewühlt schnappe ich mir das Telefon und wähle die Nummer meiner besten Freundin.

Der Anrufbeantworter springt an und ich heule ihr unverständliches Zeug darauf, bis der Piep ton mich unterbricht. Wo ist sie nur? Ich brauche dringend jemanden zum Reden. Wie viel Uhr ist es eigentlich? Halb neun.

Oh je, mir fällt ein, dass heute eine Ausstellung in ihrer Galerie stattfindet. Das kann unter Umständen bis morgens um zwei gehen. Ich brauche mir also vorerst keine Hoffnung zu machen, dass ich einen Rückruf und somit seelischen Beistand erhalte. Leise vor mich hin weinend, ziehe ich mir die Decke über den Kopf und sperre so die Außenwelt und das wilde Klopfen und Rufen von Hans aus. „Sybille, bitte, lass es mich doch erklären. Ich weiß, ich hätte früher damit herausrücken müssen. Aber deswegen musst du doch jetzt nicht völlig überreagieren. So kenne ich dich ja gar nicht. Mach die Tür auf, komm schon."

Doch ich will und kann nicht. Irgendwann drifte ich in einen unruhigen Schlaf, in dem ich Hans knutschend mit einer fremden Schönheit auf unserem Sofa entdecke. Schreiend erwache ich mitten in tiefster Dunkelheit. Nachdem ich keine Wasserflasche finden kann, um meinen Durst zu löschen, erhebe ich mich steif, um in die Küche zu schlurfen.

Auf dem Sofa schnarcht Hans friedlich vor sich hin und sofort packt mich wieder die Wut. Nach dem ersten Schluck Wasser steige ich entgegen sonstiger Gewohnheit auf den Rest des Weines um. Danach fällt mir ein, dass uns Gäste neulich irgend so einen Schnaps vorbeigebracht haben. In den Tiefen unserer Speisekammer entdecke ich das Gebräu schließlich, und ohne mich groß darum zu scheren, was ich hier eigentlich trinke, setze ich an und lasse die brennende Flüssigkeit meine Kehle hinunterrinnen. Nachdem ich drei große Schlucke aus der Flasche geleert habe, werde ich von einem heftigen Hustenanfall geschüttelt. Auf der Couch schmatzt mein Mann, kratzt sich und schnarcht weiter. Frustriert schütte ich noch etwas mehr Alkohol in mich und wanke nun ziemlich unsicher auf den Beinen zurück in mein Bett. Dort versinke ich sofort in traumlosen Tiefschlaf.

Am nächsten Morgen

Irgendetwas Schrilles, Nerviges dringt an mein Gehör. Stellt das mal jemand ab? Nein, es wird immer schlimmer. Was ist das? Ruckartig setze mich auf, nur um gleich wieder zurückzufallen. Oh Gott, mir ist sterbenselend und alles dreht sich um mich. Durch meinen umnebelten Verstand dringt langsam die Erkenntnis, dass es sich um das Telefon handelt. In Zeitlupentempo nehme ich ab und nuschle: „Ich muss kotzen", dann lege ich auf und krieche auf allen vieren ins Bad. Zum Glück sind die Kinder noch bei Charlotte. Eine halbe Stunde später hat sich mein Zustand noch nicht wirklich gebessert. Aber ich konnte endlich Zähne putzen ohne erneuten Würgereiz. Gegen die Kopfschmerzen habe ich eine Tablette genommen und der Nebel in meinen Gehirnzellen lichtet sich so langsam. Verschreckt kneife ich die Augen zusammen, als ich aus dem Schlafzimmer trete. Das Tageslicht schmerzt in den Augen. Warum muss heute auch die Sonne scheinen? Schnell lasse ich die Rollos ein Stück herunter. „So, schon viel besser", spreche ich mir selbst zu. Auf dem Küchentresen steht eine Tasse für meinen Kaffee bereit. Davor liegen eine rote Rose und ein Zettel, auf dem steht: *Ich liebe Dich. Lass uns heute Abend bitte reden.*

Dein Hans

Rose und Zettel ignorierend, fülle ich mir erst einmal die Tasse und setze mich an den Tisch. Heute habe ich kein Auge für unseren tollen Garten oder das schöne Wetter.

Gerade als ich wieder anfange, in Selbstmitleid zu versinken, klingelt es Sturm an der Tür. Langsam schlurfe ich hin, während mittlerweile schon eine Faust gegen das Türblatt donnert. Als ich öffne, landet diese dann auch fast in meinem Gesicht. „Sybille, bist du verrückt, mir so einen Schrecken einzujagen? Geht es dir gut?"

Ich kann nicht antworten, denn Renate drückt mir gerade die Luft aus den Lungen. „Hm", bringe ich dumpf hervor. Abrupt lässt sie mich los und ich kann mich gerade noch an der Wand abstützen, um nicht zu fallen. „Du siehst ja fürchterlich aus! Bist du krank? Ich habe leider erst heute Morgen deine Nachricht abgehört. Aber schlau wurde ich daraus nicht. Du hast geweint!" „Hm", brummle ich wieder und schleppe mich zurück zu meinem Kaffee. „Jetzt rück schon raus mit der Sprache, so wortkarg kenne ich dich gar nicht", drängt meine Freundin. Doch so sehr ich sie mir gestern herbeigewünscht habe, irgendwie wollen die Worte meine Lippen nicht verlassen. Deshalb schüttle ich nur stumm den Kopf und breche in Tränen aus. Beunruhigt eilt Renate um den Tisch und nimmt mich in den Arm. Kurze Zeit später reicht sie mir ein Taschentuch. Schniefend und schnäuzend schaue ich hoch. „Hans hat eine Geliebte." Klapp. Meiner Freundin steht der Mund offen. „Mach den Mund zu, sonst zieht's", knirsche ich durch die Zähne. „Wieso, ich meine, seit wann?", stammelt Renate. „Ich weiß es nicht. Nur, dass er eine hat." „Aber doch nicht Hans. Er liebt dich und die Kinder abgöttisch. Ich hätte doch bestimmt etwas mitbekommen." „Ich will dir ja nicht zu nahetreten, aber ich bin mit ihm verheiratet und habe bis gestern nichts mitbekommen. Du bist zwar meine beste Freundin, aber stehst eindeutig mir näher als meinem Mann." „Ja, das ist ein Argument", entgegnet Renate lahm. Offensichtlich ist sie genauso überrascht wie ich.

„Was soll ich denn jetzt machen?", frage ich deshalb auch Hilfe suchend. Ein Schulterzucken zeigt an, was ich mir schon dachte. Ratlosigkeit. „Wie soll ich denn einfach zur Tagesordnung übergehen? Er kann doch nicht von mir erwarten, dass ich das einfach so hinnehme, oder?" Da entdeckt Renate die Rose und den Zettel. „Nein, er will es wieder geradebiegen. Vielleicht solltest du dir anhören, was er zu sagen hat." „Um weitere Lügen oder Ausreden zu hören? Nein danke!" „Was willst du dann machen? Die Scheidung einreichen? Überlege dir das gut, du hast schließlich zwei Kinder." „Ja, die ihren Vater eh so selten sehen und der, statt mit ihnen Zeit zu verbringen, lieber fremdgeht." „Sybille, jetzt bist du aber etwas hart, findest du nicht? Hans hat immer versucht, euch gerecht zu werden." „Soll ich ihm nun ein Zeugnis ausstellen, wo drinsteht, er bemühte sich sehr? Renate, das reicht nicht!"

„Also, Süße, wenn du mich fragst, brich nichts übers Knie. Du solltest wirklich noch einmal mit ihm sprechen, schon wegen der Kinder. Wie hast du überhaupt herausgefunden, was da abgeht?" Im Schnelldurchlauf berichte ich von dem Telefonat und unserem abendlichen Essen inklusive Geständnis. Renate sieht mich zweifelnd an. „Er hat lediglich von einer Geschäftspartnerin gesprochen. Gib ihm die Chance zu einer Erklärung. Ich finde, das hat er auf jeden Fall verdient. Danach kannst du dir immer noch überlegen, wie es weitergeht.

Pipa kommt von der Schule und hat einen Redeflash. Noch so ein Phänomen bei Teenagern. Entweder sie bekommen die Zähne nicht auseinander oder den Mund nicht mehr zu. Heute ist es leider das Letztere. Irgendwann schalte ich ab und gebe nur noch ein „hm" oder „ach ja?" von mir. Obwohl ich ihr sonst wirklich aufmerksam zuhöre, interessiert es mich gerade nicht, wer schon wieder mit dummen Kommentaren die Lehrerin auf die Palme brachte. Meine Gedanken und Gefühle fahren Achterbahn.

Ich kann nichts dagegen tun. Irgendwann bemerkt wohl auch Pipa, dass ich nicht ganz bei der Sache bin. „Sag mal, Mama, was ist eigentlich los mit dir? Bist du krank? Du siehst ein bisschen blass aus." Oh, so viel Feingefühl hätte ich ihr gar nicht zugetraut. „Danke, Süße, es stimmt, ich habe Kopfschmerzen und gebrochen habe ich auch schon." Den vorabendlichen Alkoholkonsum verschweige ich wohl-weislich. „Weißt du, was? Wenn Tizian nachher kommt, kümmere ich mich um ihn und du kannst dich ein bisschen hinlegen. Wenn du willst, koche ich auch." Wow, ich liebe es, eine große Tochter zu haben. Sogleich überkommt mich aber auch ein schlechtes Gewissen. Schließlich bin ich ja wenigstens zum Teil selbst schuld an meinem Zustand. „Danke, Pipa. Das Angebot mit dem Hinlegen nehme ich gerne an, aber kochen kann ich dann schon. Trotzdem lieb von dir." Vielleicht mische ich Papa ja Rattengift ins Essen oder so.

Mein Töchterchen macht sein Versprechen wahr und kümmert sich rührend um Tizian.

Selbst Lego spielt sie heute mit ihm, obwohl Pipa es hasst und immer mit Tizian um die Steine streitet. Doch heute läuft sogar das relativ harmlos ab. Tizian hat nur eine kleine Beule von dem blauen Legostein am Kopf, welcher Pipa aus Versehen in hohem Bogen aus der Hand rutscht. Der dankt es ihr mit der Aussage: „Du bist die beste Schwester der Welt." Wie herrlich unbedarft Kinderliebe doch sein kann. Solche Momente verpasst mein Mann ständig. Er weiß gar nicht, wie schön es ist, Kinder zu haben, und wie anstrengend. Der würde sich ganz schön umsehen, wenn er das hier alles alleine managen müsste. Aber er arbeitet ja lieber ständig, und anstatt uns mehr Zeit zu widmen, legt er sich auch noch eine Geliebte zu.

„Mama! Renate ist am Telefon!", ruft da Pipa in meine Gedanken hinein. Ich eile hinunter und greife zum Hörer. Schnell verziehe ich mich in eine ruhige Ecke.

„Wie geht's dir, Sybille?", quiekt da Renates Stimme an mein Ohr. „Wo bist du denn? Du klingst so seltsam." „Ach, nur beim Waxing. Das sind heute meine einzigen freien Minuten und da wollte ich mal nachfragen, ob es dir inzwischen besser geht." „Danke, den Umständen entsprechend", antworte ich etwas reserviert. „Sorry, Süße, ich weiß, du brauchst jetzt meinen Beistand. Lass uns doch morgen zum Frühstück bei Reinbacks treffen, dann kannst du mir in aller Ruhe erzählen, wie deine Unterhaltung mit

Hans war. Okay?" Brummelnd stimme ich ihr zu. Lieber wäre mir heute noch gewesen. Aber diese dumme Ausstellung in der Galerie geht über zwei Abende. „Wie soll ich denn überhaupt anfangen? Ich kann doch nicht mit der Tür ins Haus fallen und sagen: So, du hast also eine Geliebte." „Wieso nicht? Das ist doch der springende Punkt, oder? Also frage ihn einfach ganz direkt. Du wirst sehen, es löst sich alles in Wohlgefallen auf. Hans ist nicht der Typ, der seine Frau betrügt." „Woher willst *du* das denn wissen?", frage ich etwas zu schnippisch. „Menschenkenntnis!", kommt in gleichem Tonfall zurück. Und diese Antwort von einer Frau, die in ihrem Leben noch nie eine langjährige feste Bindung hatte.

Realistisch gesehen bin ich ganz schön am Arsch. Ich habe eine beste Freundin, die keinerlei Ahnung von der Ehe hat, weil sie es bisher immer vermied, sich stetig zu binden. Alle meine anderen Freundinnen sind zwar verheiratet, haben aber allesamt so ihre Probleme in der Ehe. Sind also auch nicht unbedingt die besten Ratgeber. Ich dagegen dachte bisher immer, Hans und ich sind das absolute Traumpaar und uns kann nichts trennen. So, jetzt stehe ich also da und weiß nicht, was ich tun oder wen ich fragen soll. Mein Mann kommt gleich nach Hause und ich habe nicht mal eine Ahnung, wie ich mich ihm gegenüber verhalten will. Er hat heute nicht angerufen. Sonst telefonieren wir am Tag mindestens dreimal. Verdammt! In aller Eile richte ich mich etwas her und klopfe ein bisschen Rouge auf meine Wangen, damit ich nicht gar so blass aussehe. Dann hole ich die Kinder zu mir und erkläre ihnen, dass es

Mami nicht besonders gut geht und Papa einen harten Tag hatte. Ich erwarte, dass sie nach dem Abendessen keine Zicken machen und brav ins Bett gehen. „Darf ich noch iPod spielen?", fragt Pipa. Ich nicke. „Und ich will aber noch eine Geschichte von Papa!", kräht Tizian. „Bekommst du", entscheide ich. Hoffentlich reichen diese Versprechen, damit die Kinder wirklich schlafen. Schon höre ich unten die Schlüssel klirren und ein fröhliches „Bin zu Hause!". Die Kinder stürmen die Treppe hinunter und werfen sich wie jeden Abend Hans in die Arme. Ich folge ihnen langsam, gehe aber auf direktem Weg in die Küche. Heute wird es keinen Begrüßungskuss geben. Die Kinder jauchzen, als ich die Pfanne auf den Herd stelle und die Schnitzel daneben lege. Alle drei lieben Schnitzel. Ich mache sie aber höchst selten. Wenn es nach mir ginge, gäbe es jeden Tag Gemüse und Fisch oder Hähnchenfleisch, Salat und so weiter, in allen Varianten. Aber wenn man Kinder hat, lernt man, auch essenstechnisch Kompromisse zu schließen. Das ist nicht immer leicht, aber machbar. Pipa knallt schon das Ketchup auf den Tisch und Tizian brüllt: „auch Mayo, auch Mayo!" Na klar, wenn schon fettig, dann richtig.

Das Abendessen verläuft wie immer. Pipa und Tizian erzählen von den Erlebnissen des Tages. Wobei sie meistens entweder gleichzeitig oder durcheinander reden. Wenn dann einer von uns einwendet, nichts zu verstehen, geht die Zankerei los, wer zuerst erzählen darf. Tizian zieht den Kleinkinderbonus und kommt meistens als Erster dran. Heute bin ich froh, dass die Kinder viel zu erzählen haben, so bleibt es mir erspart, mich ins Gespräch einzubringen.

Tizian war mit dem Kindergarten im Theaterstück „Schneewittchen". Er erklärt uns, dass dieses starb und dann in einen Saab gelegt wurde. Pipa verschluckt sich fast am halben Schnitzel in ihrem Mund und gackert wie ein Huhn. Pädagogisch wertvoll belehre ich, dass es sich um einen Sarg handelt, und versuche meinem Sohn die Bedeutung eines solchen zu vermitteln. Pipa dagegen in ihrer herzerfrischenden Teenagerart weiß es besser. „Wenn Mama oder Papa sterben, dann kommen sie zuerst in 'ne Holzkiste und dann ab in die Grube, kapiert, du Zwerg?" Sofort fängt Tizian zu weinen an, weil er nicht möchte, dass seine Eltern sterben. Nun ja, im Moment bin ich mir gerade nicht so sicher, ob mein Gatte mir nicht auch in einer Kiste gefallen würde. Ab und an wirft mir Hans einen seltsamen Blick zu. Ich ahne nichts Gutes.

Wie am Nachmittag versprochen, bekommt meine Große nach dem Essen ihren iPod ausgehändigt und Tizian seine Geschichte von Papa. Tatsächlich kehrt eine halbe Stunde später Ruhe ein. Der Kleine schläft schon friedlich und um neun ist dann auch bei Pipa Feierabend. Seufzend lasse ich mich mit einem Glas Wasser auf dem Sofa nieder. Nach meinem nächtlichen Besäufnis steht mir heute nicht der Sinn nach Alkoholischem. Hans ist noch in seinem Büro. Schmollend warte ich. Schließlich wollte *er* mit mir sprechen, warum also soll *ich* ihm jetzt nachlaufen? Eine Viertelstunde und etliche durchgezappte Fernsehkanäle später erscheint dann auch endlich mein Mann. Schon an seinem Gesichtsausdruck sehe ich, dass er auch nicht darauf erpicht ist, mit mir zu sprechen. Am liebsten würde ich ihm ins Gesicht schleudern: „Lassen wir es einfach!" Aber in meinem Kopf erklingt Renates forscher Rat, ihn direkt darauf anzusprechen. Räuspernd und mit zitternder Stimme stelle ich fest: „Du hast also eine Geliebte!" Wie vom Donner gerührt, bleibt Hans stehen und sein gerade gefülltes Wasserglas schwappt gefährlich über. Entgeistert starrt er mich an. „Nun gib es schon zu", erwidere ich langsam genervt. Warum kann er denn nicht einfach dazu stehen, anstatt mich weiter zu verletzen, indem er schweigt? „Das glaubst du doch nicht wirklich, Sybille. Wie kommst du bloß *darauf?*" Jetzt muss ich Farbe bekennen. „Zufällig habe ich gestern ein Telefonat mit deiner ‚Lydia' mitbekommen, in dem du ihr mitteilst, es mir endlich zu sagen. Das spricht nicht gerade *nur* für eine Geschäftsbeziehung", antworte ich erstaunlich ruhig. Erst ernte ich einen entgeisterten Blick, dann bricht er plötzlich in Gelächter aus. Ich starre ihn völlig irritiert an. Ist mein Mann jetzt verrückt geworden?

„Könntest du mich mal aufklären, was an meiner Aussage diesen plötzlichen Heiterkeitsausbruch ausgelöst hat?", fahre ich ihn ärgerlich an. Schlagartig verstummt Hans, eilt zu mir und fällt direkt vor dem Sofa auf die Knie. „Sybille, du bist mein Ein und Alles. Ich liebe dich! Wie kannst du nur denken, ich würde dich jemals betrügen?! Du bist doch meine Traumfrau." Verblüfft schaue ich ihm in die Augen. Er scheint es wirklich so zu meinen. „Aber was hat es dann mit dem Telefonat auf sich?", frage ich halb misstrauisch, halb verzweifelt. „Lydia und ich besuchten die gleiche Schule. Vor drei Monaten war ich doch auf dieser Unternehmertagung, da sind wir uns wieder begegnet. Ich habe dir davon erzählt, kannst du dich erinnern?" Nickend stimme ich zu. Ja, er hat mir tatsächlich davon erzählt, aber wahrscheinlich habe ich nur mit halbem Ohr zugehört. Bevor ich noch etwas einwenden kann, spricht Hans weiter. „Jedenfalls habe ich ihr dort erzählt, dass mir die Arbeit einfach über den Kopf wächst. Sie wiederum suchte Rat, weil sie sich selbstständig machen wollte, am liebsten mit einem Geschäftspartner. Also für uns beide ideale Voraussetzungen. Nach der Tagung haben wir einige Male telefoniert und uns getroffen, um alles zu besprechen, und sind uns schließlich einig geworden." Hörbar schnappe ich nach Luft. „Ihr habt euch getroffen?" „Ja, aber ich schwöre dir, Lydia fand es von Anfang an nicht gut, dass ich dir nichts gesagt habe. Sie hat immer gemeint, wäre sie an deiner Stelle, würde sie irgendwann glauben, ich hätte eine Affäre mit ihr, und ich solle dir schleunigst die Wahrheit sagen.

Es wäre doch schön, wenn unsere Familien sich treffen könnten. Aber ich habe nicht auf sie gehört, weil ich dachte, du vertraust mir, und es sollte eigentlich eine Überraschung werden. Geplant war, dir und den Kindern im Urlaub zu verkünden, dass ich ab sofort mehr Zeit für euch habe. Sybille, ich hatte mir alles so schön ausgemalt. Wir machen Pläne, was wir alles mit den Kindern oder nur zu zweit unternehmen könnten. Endlich einmal all die Dinge, von denen es bisher hieß, ‚wenn wir einmal Zeit haben'.“ Atemlos sieht Hans mich an.

Tja, und ich bin sprachlos. So wie Hans mir das erklärt, klingt alles ganz logisch. Außerdem kenne ich ihn. Er macht viele Dinge mit sich selbst aus und überrascht mich dann mit guten Neuigkeiten. Trotzdem tut es weh, dass er mir so einen bedeutenden Schritt verheimlicht hat. „Ich glaube dir. Aber ich finde dein Verhalten mir gegenüber unmöglich.“ „Es tut mir leid, ich hätte es dir gleich sagen müssen. Aber, ach, ich weiß auch nicht, welcher Teufel mich geritten hat“, stammelt er hilflos. Mein Zorn schmilzt bei seinem Anblick dahin. Es war eine verdammt dumme Aktion, doch letzten Endes hat er es für uns getan und das sollte zählen. Hans drückt mich ganz fest an sich und murmelt: „Ich liebe dich. Eines muss man dir lassen, mit dir wird es wirklich nie langweilig.“ Ich bin mir nicht so sicher, ob er das jetzt als Kompliment gemeint hat. Lasse es aber dabei bewenden.

In meiner Fantasie ziehe ich Hans an mich und nach wildem Geknutsche – fast wie bei zwei Teenagern - verkrümeln wir uns schnell nach oben.

Aber eine winzige, sehr gekränkte Ecke meines Ego ist nicht bereit, so schnell nachzugeben. Heute lasse ich ihn in jedem Fall noch zappeln. Denn selbst wenn alles stimmt, was er sagt, finde ich es trotzdem nicht in Ordnung, so ein Geheimnis aus der ganzen Sache zu machen. Wortlos stehe ich deshalb auf, werfe einen bedeutungsvollen Blick auf die

Couch und verziehe mich alleine zurück ins Schlafzimmer. Die Mühe, abzuschließen, mache ich mir nicht. Hans hat schon verstanden.

Ein neuer Tag

Heute Morgen geht Hans schon um fünf Uhr außer Haus, denn er hat einen Termin fünfhundert Kilometer weit weg. Natürlich musste ich mir den Wecker stellen, damit mein geliebter Mann nicht verschläft. Auch das wird besser werden, wenn Lydia mit an Bord ist.

Ich habe seit unserem Gespräch begriffen, dass es durchaus Vorteile hat, wenn er einen Geschäftspartner, ähm, eine Partnerin hat. Leider war es nicht sehr klug, ihn im Wohnzimmer schlafen zu lassen, denn nach dem Wecker klingeln und ewigen Anstupsen meines Mannes bin ich lange wach. Gerade als ich wieder tief und fest eingeschlafen bin, klopft es wie wild an meiner Schlafzimmertür. Bis ich begreife, welches Geräusch das ist, dringt schon Pipas Stimme durch die Tür.

„Mama, bist du wach?" „Jetzt schon", krächze ich und denke mir: Oh nein, sie wird doch nicht krank sein? Ein kurzer Blick auf den Wecker zeigt mir an, dass es erst halb sieben ist. Pipa stürmt voll bekleidet und völlig aufgeregt an mein Bett. „Warum bist du denn noch nicht wach?" „Wieso?", frage ich immer noch im Halbschlaf. Krank erscheint sie mir nicht. „Ich muss dringend los, bin schon total spät dran. Aber ich wollte dir doch noch Tschüss sagen." Hä? „Wo musst du denn hin, du hast mir gar nichts gesagt?" „In die Schule!" Hibbelig springt meine Tochter vor mir auf und ab.

„Pipa, es ist halb sieben, ist dir das klar? Du musst erst in einer Stunde außer Haus." „Oh!" Unglauben macht sich im Gesicht meiner Tochter breit und sie schaut schnell auf die Uhr, nur um festzustellen, dass ich recht habe. „Verdammt, dann geh ich jetzt runter, frühstücken, kommst du auch?"

Es war eine ziemlich kurze Nacht und ich sitze recht verschlafen neben meiner Tochter und nippe an meinem Kaffee. Hans hat mir heute Morgen im Gehen noch mitgeteilt, dass wir am Samstag bei Lydia zum Grillen eingeladen sind. Ich habe diese Neuigkeit mit einem Nicken quittiert und ihn ohne Kuss ziehen lassen. Das war eine harte Strafe, denn normalerweise bekommt er den immer. Heute ist Donnerstag und der Laden hat geöffnet. Nachmittags habe ich Tizians Freund da, kann also nicht einkaufen gehen. Aber ein neues Kleid wäre schon toll. Schließlich ist immer noch nicht ganz auszuschließen, dass die beiden doch was miteinander haben oder hatten. Mal sehen, vielleicht kann ich ja Renate überreden, morgen Früh mit mir shoppen zu gehen. Das dürfte nicht allzu schwer sein, so wie ich meine Freundin kenne. Im Geschäft ist heute schwer was los. Alle paar Monate mache ich einen kleinen Räumungsverkauf, um mein Lager zu entlasten. Das läuft immer ganz gut und so finden auch Ladenhüter ein neues Zuhause. Renate schaut zwar kurz rein, aber wir finden kaum Zeit für zwei Worte. So signalisiere ich ihr nur, dass wir später mal telefonieren, und grinse sie an zum Zeichen, dass alles okay ist. Erleichtert lächelt sie zurück. Als es endlich zwei Uhr ist, hetze ich kurz in die Küche, um Pipa zu begrüßen. „Was gibt es eigentlich heute zum Abendessen?", fragt diese statt einem Hallo. Verfressener Teenager! „Weiß ich noch nicht, irgendwelche Wünsche? Ich muss eh noch in den Supermarkt, bevor ich die Jungs hole." Missmutiges Kopfschütteln. Es wird wohl auf Spinat mit Kartoffeln und Spiegelei hinauslaufen. Eines meiner Lieblingsessen, und schnell gemacht ist es auch. Also ideal an einem Tag wie heute.

„Sitzt du, hast du eine Tasse Kaffee in der Hand und entspannst dich etwas?", fragt meine Freundin mich zu Beginn unserer Telefonverabredung. Brav antworte ich mit Ja. Renate achtet nämlich peinlich darauf, dass ich mir auch wirklich Zeit für mich nehme. Nicht immer leicht als Mutter und Ehefrau eines fast rund um die Uhr arbeitenden Mannes. Umso schöner ist es, dass jemand ein Auge auf mich hat. „Also, dann klär mich jetzt mal auf, du hast heute Morgen so gestrahlt, dass es wohl gut lief, oder?" Ich berichte ausführlich über den Verlauf des gestrigen Abends und Renate bricht, wie schon zuvor Hans, in schallendes Gelächter aus. Schön, dass sich die Menschen so über mich amüsieren können. „Lach du nur, ich weiß, ich hab mich wie eine hysterische Kuh verhalten. Aber zappeln lasse ich ihn trotzdem noch." „Ja, hast du, aber wenigstens ist das jetzt geklärt." Begeistert sagt Renate mir für morgen zu. Sie ist ebenso wie ich der Meinung, es kann nicht schaden, gut auszusehen. Geschäftspartnerin hin oder her. Wir verabreden uns in der Stadt und beenden unser Telefonat. Während ich schon mal das Abendessen vorbereite, schmunzle ich in mich hinein. Im Nachhinein erscheint mir meine Reaktion selbst ziemlich absurd. Ich nehme mir vor, in Zukunft etwas mehr nachzudenken, bevor ich voreilige Schlüsse ziehe.

Eine Woche später

Gähnend strecke ich mich im Bett und drehe mich zu meinem noch im Tiefschlaf schnarchenden Ehemann. Langsam gleiten meine Finger über seine behaarte Brust in tiefere Regionen. Seit gestern darf Hans wieder in unser Bett. Man sollte es auch mit dem ausgestreckten Arm nicht übertreiben, meinte Renate. Vielleicht kein gar so schlechter Rat. Ein Stöhnen entfährt seiner Kehle und ich merke, wie nicht nur mein Mann, sondern langsam auch sein Körper erwacht. „Mhm," seufze ich. Heute ist Samstag, die Kinder schlafen also, wenn wir Glück haben, noch etwas. „Oh Mist, es ist Samstag!", rufe ich und springe aus dem Bett. Ohne meinen jetzt wachen und sehr verblüfften Mann aufzuklären, haste ich schon ins Bad und unter die Dusche. Um fünf Uhr sind wir bei Lydia eingeladen und ich habe bis dahin noch einen straffen Zeitplan. Keine Zeit mehr für eheliche Aktivitäten. Um zehn muss ich beim Friseur sein. Der Besuch wird mindestens zwei Stunden dauern, denn meine Haare brauchen sowohl Farbe als auch Schnitt. Danach geht es gleich weiter ins Kosmetikstudio. Renate hat mich zu einem professionellen Make-up überredet. Da ich mich sonst so gut wie gar nicht schminke, bin ich etwas aus der Übung. Also soll die Kosmetikerin mir einen Look verpassen, der absolut natürlich wirkt und mich trotzdem perfekt in Szene setzt. Dies wird wohl ebenfalls noch einmal eine Stunde dauern. Danach geht es zur Schneiderin, denn das Kleid, welches ich mir gestern ausgesucht habe, ist zu lang. Bei meiner Größe von knapp einem Meter sechzig kein Kunststück. Mir wurde versprochen, es bis heute Nachmittag zu kürzen. Hans sieht mich bedauernd an, als ich das Schlafzimmer betrete. „Komm doch noch mal ins Bett", raunt er verheißungsvoll.

Doch ich bin bereits in eine Tunika geschlüpft und gerade im Begriff, mir die Hose anzuziehen. „Morgen ist Sonntag und da haben wir dann auch Zeit. Heute geht es gar nicht. Kannst du bitte Tizian zu Florian bringen? Pipa muss lernen", weise ich meinen Mann ein und werfe ihm eine Kusshand zu, während ich schon aus dem Schlafzimmer eile. Ein schneller Kaffee muss noch drin sein, dann schnappe ich mir die Autoschlüssel.

Nicola, die Friseurin meines Vertrauens, hat wieder ganze Arbeit geleistet. Meine langen blonden Haare fallen seidig glänzend über meine Schultern und sind an den Seiten etwas gestuft worden, damit es nicht so langweilig aussieht. Mit ein paar gezielt gesetzten Strähnen hat sie noch ein paar Highlights gezaubert.

Renate ist ganz begeistert und zerrt mich, kaum habe ich bezahlt, auf die Straße zu ihrem Auto. Die Kosmetikerin wartet bereits, werde ich von ihr unterrichtet. Wir sollten uns beeilen. Nach vier Stunden bin ich endlich wieder zu Hause und habe meinen Schönheits- Marathon beendet. Auf dem Heimweg habe ich noch Tizian von seinem Freund abgeholt und schaue nun, ob Pipa auch wirklich gelernt hat. Noch bevor ich ihr Zimmer betrete, schlägt mir die laute Musik ihrer aktuellen Lieblingsband entgegen. Wie kann man bei solchem Lärm nur lernen? Brav sitzt mein Töchterchen an seinem Schreibtisch und lernt Erdkunde. „Mensch, Pipa, was hast du denn alles gelernt?", frage ich erstaunt, als ich den Stapel Bücher neben ihr sehe. „Ach, nur Mathe, Deutsch, Englisch, Französisch und jetzt Erdkunde. Fragst du mich noch schnell ab?" Verstohlen schaue ich auf die Uhr. Halb vier. Hans ist auch noch nicht aus dem Büro. Wir haben also Zeit. Ich nicke und setze mich auf einen halbwegs aufgeräumten Sessel. „Ich gehe auch bald in die Schule!", stellt Tizian wissend fest und stürmt in das Zimmer seiner Schwester. Pipa macht kein großes Aufhebens, drückt ihm Stift und Papier in die Hand und meint. „Na, dann übe doch schon mal schreiben." Damit ist er beschäftigt, während ich Vokabeln und Ländergrenzen abfrage.

Plötzlich klopft es lautstark an die Zimmertür und Hans tritt ein. „Da seid ihr, ich habe euch schon gesucht. Es ist gleich halb fünf, wir sollten uns umziehen, damit wir nicht zu spät kommen." Er hat recht, ich schnelle aus dem Sessel, weise Pipa an, sich ordentlich anzuziehen und schnappe mir Tizian unter lautstarkem Protest.

Eine Viertelstunde später steht die ganze Familie abmarschbereit vor der Garagentür. Entgegen ihrer sonstigen Gewohnheit hat Pipa mir gesagt, wie hübsch ich aussehe, und Tizian meinte, ich sei die schönste Mama der Welt, wie eine Prinzessin im Märchen. Hans ist natürlich noch nicht fertig. Wir kabbeln uns ständig, weil er behauptet, immer auf uns warten zu müssen, dabei ist er derjenige, der nie fertig wird. Zehn Minuten vor fünf sitzen wir dann endlich im Auto und fahren los. Zum Glück wohnt Lydia nur ein paar Kilometer entfernt. Pünktlich fahren wir vor. Aus dem Haus stürmt erst mal ein riesiger schwarzer Hund, bellend und schwanzwedelnd zugleich, auf uns zu. Ich freue mich sehr, denn ich liebe Hunde, habe aber auch gleichzeitig Sorge, dass er mir mein neu erworbenes grünes Chiffonkleid ruiniert. Da ertönt ein greller Pfiff und ich habe Angst, der Hund kippt gleich vornüber. Mitten in der Bewegung bleibt das Tier wie angewurzelt stehen. Eine Frau in meinem Alter mit kurzen schwarzen Haaren, sehr schlank und durchtrainiert, und ein deutlich älterer, grauhaariger Mann, ebenfalls sehr athletisch, eilen die Einfahrt herunter und auf uns zu. „Purzel, mach Platz!", fährt die Frau den Hund an. Der Riesenhund mit dem passenden Namen Purzel setzt sich hin und hechelt. Hans ist bereits ausgestiegen und umarmt die beiden, während ich Tizian noch aus dem Auto schäle. Pipa hat keine Lust, auszusteigen. Warum müssen Mädchen eigentlich in die Pubertät kommen? Das kann nur ein Mann, der Frauen hasst, erfunden haben.

„Hallo, ich bin Lydia", werde ich da schon von hinten angesprochen, und als ich mich umdrehe, ergreift Sie direkt meine Hand zu einem festen Händedruck. „Wie ich mich freue, dich endlich kennenzulernen, Sybille. Ich darf doch Du sagen, oder?" Perplex nicke ich und lasse die nächste Begrüßung von Thomas, ihrem Mann, über mich ergehen. Aus dem Augenwinkel beobachte ich Riesenpurzel, wie er

Nase an Nase mit meinem Sohn steht. Der zeigt sich jedoch völlig unbeeindruckt und quietscht vor Freude. „Der Hund hat mir ein Bussi gegeben!" Inzwischen hat sich auch missmutig meine Tochter eingefunden und schafft es gerade so, die Hand zu geben. Wir folgen den Hausherren auf die Terrasse hinter dem Haus zu einem wunderschön angelegten Garten. Bewundernd lasse ich meinen Blick schweifen. Leider habe ich nicht wirklich den grünen Daumen und wundere mich ein ums andere Mal, dass die meisten Pflanzen in meinem Garten noch leben. „Später nach dem Essen zeige ich euch gerne das Haus", bietet Lydia uns an. „Konstantin, kommst du endlich, wir wollen essen!", brüllt Thomas plötzlich in die Luft und ich schrecke zusammen. „Sorry, aber unser Sohn hat im Moment wenig Lust auf Familie." „Das kommt mir bekannt vor", antworte ich mit einem Seitenblick auf Pipa. In der Terrassentür erscheint ein großer, fast schon schlaksiger Junge mit pechschwarzen Struwelhaaren und intensiven grünen Augen. Neben mir haucht Pipa ein fast lautloses „wow!". Ich bin mir nicht sicher, ob mir diese Reaktion gefällt.

Purzel tollt übermütig im Garten und zwischen unseren Füßen hin und her und es juckt ihn dabei gar nicht, den einen oder anderen von den Stühlen zu werfen. Er denkt wohl eher, er wäre ein Schoßhund, seinem Verhalten nach zu urteilen. Wir plaudern über dies und das während des Essens und hinterher zeigt uns Lydia wie versprochen das Haus. Als wir bei Konstantins Zimmer ankommen, fragt er meine Tochter doch glatt, ob sie bei ihm bleiben und Musik hören möchte. Ihr begeistertes Nicken jagt mir einen Schauer über den Rücken.

Oh Gott, meine vierzehnjährige Tochter, alleine mit einem Fünfzehnjährigen im Zimmer. Hilfe suchend sehe ich Lydia an. Die lacht und flüstert mir zu: „Keine Sorge, er hat noch nicht wirklich was mit Mädchen am Hut." Zweifelnd folge ich ihr, es gibt für alles ein erstes Mal und es muss ja nicht gerade heute sein. Kurz bevor wir wieder auf die Terrasse treten, hält Lydia mich am Arm fest, damit ich den anderen nicht nachgehen kann. Verschwörerisch sieht sie mich an und meint dann: „Ich bin so froh, dass Hans endlich reinen Tisch gemacht hat. Wenn er es dir nicht bald gesagt hätte, wäre ich nicht bei ihm eingestiegen, auch wenn vertraglich alles schon so weit geregelt ist." Neugierig frage ich nach. „Warum liegt dir eigentlich so viel daran?"

„Na ja, ich bin eine Frau und weiß, dass es nie gut ist, wenn ein Mann geheim hält, dass er sich mit einer Geschäftspartnerin zusammentut. Da können schnell mal falsche Schlüsse gezogen werden. Ich möchte von Anfang an klare Verhältnisse haben, schließlich bin ich auch verheiratet. Das würde auch auf mich zurückfallen." Ein stichhaltiges Argument. Schnell versichere ich ihr, dass es vollkommen in Ordnung ist und ich mich darauf freue, wieder mehr Zeit mit meinem Mann zu verbringen. Kichernd betreten wir die Terrasse und gesellen uns wieder in die Runde.

„Na, wie war es in der Höhle des Löwen?", fragt mich am Abend Renate. Ich entspanne gerade in der Wanne und habe den Hörer zwischen Ohr und Schulter geklemmt. Eine Angewohnheit, die schon mehrere Geräte das Leben gekostet hat und Hans in den Wahnsinn treibt. Er sagt immer, ich könnte ja den Lautsprecher einschalten, aber dann kriegt ja jeder mit, was Renate und ich so sprechen. Also wird es wohl noch ein paar neue Telefone in unserem Haushalt geben. „Es war echt in Ordnung. Stell dir vor, sie hat mich sogar darauf angesprochen, wie wichtig sie es findet, dass Hans endlich mit der Sprache rausgerückt ist." „Du hast ihr doch hoffentlich nichts von deinem Verdacht erzählt, die beiden hätten eine Affäre?" „Jetzt halt mich mal nicht für ganz blöd." „Pipa hat jedenfalls seit gestern einen neuen Schwarm! Konstantin, den Sohn von Lydia und Thomas", stelle ich resigniert fest. Renate findet es toll und verlangt auf der Stelle ihr Patenkind, um Tipps geben zu können. „Nein!", rufe ich entschieden. „Erstens sitze ich in der Badewanne und laufe sicher nicht patschnass durchs Haus und zweitens wirst du meiner Tochter mit ihren vierzehn Jahren bestimmt noch keine Ratschläge in Sachen Liebe erteilen". Meine Freundin schmollt und ich bin genervt. Zum Glück gibt es ein Thema, mit dem ich sie ablenken kann. „Hast du nicht erzählt, Eddie kommt am Wochenende wieder?" „Oh ja, ich bin schon ganz aufgeregt. Was meinst du, wird er mich küssen? Wobei dieser Rudolfo ja auch ganz schön schnuckelig ist." Ich seufze. „Ob ich es wohl noch erlebe, dass du dich fest bindest? Wahrscheinlich sitze ich schon im Rollstuhl, wenn du heiratest, und rollere als deine Brautjungfer voneweg. Du hast dir natürlich auf deine alten Tage einen unverschämt gut aussehenden jungen Kerl geangelt, der dich auf Händen trägt." Sie lacht schallend über meinen Scherz, aber ich finde, ein Fünkchen Wahrheit ist schon dabei.

Zuhause in Franken

Kennen Sie das? Sie wachen morgens auf und denken als Erstes, was wohl dieser Tag wieder für mich bereithält? So geht es zumindest mir.

Langsam tappe ich dann verschlafen aus meinem Bett und wecke sanft meine Tochter mit einem liebevollen: „Guten Morgen, mein Schatz, es ist Zeit zum Aufstehen." Die Antwort fällt ebenfalls liebevoll und wortgewandt aus: „Ich bin schon wach! Du musst hier nicht im Zimmer stehen und warten, bis ich aufgestanden bin. Ich komme schon." Den Tonfall dazu können Sie sich bestimmt denken. Wieder einmal desillusioniert, gehe ich also zurück ins Bad, weil ich weiß, jede Entgegnung meinerseits würde nur zu einem Streit führen. Das erspare ich mir lieber. Fertig mit meiner Morgentoilette, schaue ich vorsichtig nach, ob mein Teenager ebenfalls bereit ist. Entrüstet stelle ich fest, weit gefehlt, sie trödelt wie immer im Bad.

Sanft erinnere ich daran: „Du solltest spätestens in fünf Minuten am Frühstückstisch sitzen, sonst wird es knapp." Ein gebelltes „Ich weiß, halt mich doch nicht für blöd!" versüßt mir jetzt schon den Tag. Nach zehn Minuten findet sich dann auch meine hektische Tochter ein, die verzweifelt noch irgendwelche Dinge für die Schule zusammensucht, von denen sie gestern jedoch felsenfest behauptet hat, alle zu haben. Im Vorbeigehen würge ich ihr einen Schluck Kakao rein, damit sie wenigstens etwas im Magen hat. Galoppiere ihr dann zur Haustür hinterher, damit das Pausenbrot auch noch seinen Weg in die Schultasche findet, und lasse mich noch einmal anmaulen, weil ich natürlich schuld bin, dass mein Kind jetzt zu spät ist. Mein armes Mädchen muss nämlich rennen, wie jeden Morgen, damit es den Bus erreicht. Erleichtert verabschiede ich mich, winke von der Haustüre als pflichtbewusste Mutter noch einmal nach und denke bei mir, wie schön es doch ist, Kinder zu haben.

Nachdem nun Ruhe eingekehrt ist, weil Pipa bereits rennend und schimpfend ihren Weg zum Schulbus angetreten hat, trinke ich ganz gemütlich meinen Kaffee. Na ja, ich versuche es. Ein lautes „Schatz!" erinnert mich nämlich schnell daran, dass nun Tizian wach und mein Mann noch zu müde ist, um sich zu kümmern. Also hetze ich die Treppe nach oben zu den Schlafzimmern mit einem „Ich komme ja schon!" auf den Lippen. Die Antwort meines angetrauten Göttergatten folgt prompt: „Du hast aber schlechte Laune!"

Ach, was wäre der Morgen ohne ein paar nette Worte. Eilends gehe ich ins Kinderzimmer und flöte: „Na, mein Schätzchen, hast du gut geschlafen?" „Mama, geh weg! Nicht den Rollo aufmachen", schallt es mir entgegen. Das ist doch richtig aufbauend, oder?

Also lasse ich den Steppke erst mal ausmuffeln, gehe in das Zimmer meiner Tochter und ärgere mich wie jeden Morgen, dass ich über tausend Sachen steigen muss. Endlich komme ich am Ziel meiner Träume, dem Fenster, an. Dort stelle ich resigniert fest, dass wie immer kein Rollo und auch nicht das Fenster zum Lüften geöffnet wurde. Wieso auch, ich mach das ja! Nachdem ich es unfallfrei wieder aus dem Territorium meines Nahkampf-Teenies geschafft habe, versuche ich mein Glück noch einmal bei Tizian. „Magst du mit ins Bad gehen und mit der Mama kuscheln?" „Ich will nicht kuscheln. Will nicht in den Kindergarten. Fährst heute du?"

Nachdem ich geduldig erklärt habe, dass heute die Nachbarin mit Fahren dran ist, geht das Drama erst los. Eine halbe Stunde später ist mein Sohn angezogen und kindergartenfertig, und ich arbeite daran, meinen Mann aus dem Bett zu bekommen. Einer der Nachteile, dass er abends immer so lange arbeitet: Er kommt morgens nicht aus den Federn. Das wird hoffentlich bald besser. Lydia scheint schon ganz wild darauf zu sein, endlich wieder richtig ranklotzen zu können. Vielleicht ist ja dann auch mal wieder ein romantischer Kurzurlaub für Hans und mich drin. Die Haustürklingel reißt mich aus meinen Tagträumen und Tizian erinnert sich pünktlich zum Eintreffen des Fahrdienstes wieder daran, dass es eigentlich viel schöner ist, wenn Mama fährt. Mit viel Überredungskunst schaffe ich es schließlich, mein Kind in das Auto zu setzen und meinen Mann zum Aufstehen zu bewegen. Mein Tag hat bereits vor zwei Stunden begonnen und Hans kann so überhaupt nicht nachvollziehen, warum ich wie eine aufgescheuchte Biene herumsause. Der hat auch gut reden. Er verlässt jetzt gleich das Haus und muss sich um nichts mehr kümmern. Ich hingegen gehe jetzt gleich in den Laden, muss heute Nachmittag Fahrdienst für alle Kinder übernehmen und habe Unmengen Wäsche zu waschen. Nein, ich will auf keinen Fall jammern. Aber ein bisschen Anerkennung so ab und zu wäre auch nicht schlecht.

Obwohl ich ein Geschäft betreibe, bekomme ich oft von anderen Müttern zu hören: „Ja, wenn ich so wie du zu Hause wäre, hätte ich viel mehr Zeit. Ich verstehe gar nicht, warum du immer Stress hast." Vielleicht deshalb, weil ich nebenbei grundsätzlich die Hälfte der Kinder unserer Nachbarschaft hüte. Weil mein Mann fast rund um die Uhr arbeitet und sich deshalb daheim um nichts kümmert. Ich zwei Kinder in völlig unterschiedlichen Altersgruppen habe und diese somit manchmal schwer unter einen Hut zu bringen sind und manche sich nicht vorstellen können, dass mein Laden, auch wenn er sich im Keller unseres Hauses befindet, kein Hobby, sondern richtig viel Arbeit ist.

Einige Tage später

Nach endlosen Abenddiskussionen haben wir uns auf ein Urlaubsziel geeinigt. Per Abstimmung wurde die Türkei gewählt. Ich war als Einzige dagegen. Mein Wunschziel wäre Kroatien gewesen. Aber der Familienrat hat entschieden, wobei Tizian mit Gummibärchen von Pipa und Hans manipuliert wurde.

Renate macht mich ganz verrückt, denn heute kommt Eddie wieder. Sie haben am Sonntag eine Verabredung zum Brunch. Hoffentlich geht das gut und sie lässt sich nicht leichtfertig zu irgendwelchen Abenteuern überreden. Im Laufe der Woche wurde sie von mir immer wieder geimpft, nicht zu schnell mit Eddie anzubändeln.

Ich habe äußerst wenig Lust, meine beste Freundin in Zukunft auf einer Farm zu besuchen, fernab jeglicher Zivilisation. Zur Begrüßung tanzen wir dann irgendeinen Eingeborenentanz, begleitet von Didgeridoos, und am Abend vetreiben wir uns natürlich die Zeit mit Hufeisen- Weitwurf oder so spannenden Spielen wie Dosenschießen.

Nein! Wie kann er mir nur so etwas antun? Meine Knie geben nach und ich sinke mitsamt meiner Einkaufstüten auf den Gehsteig. Ein junger Mann geht vorbei und fragt, ob alles in Ordnung ist. „Nichts ist in Ordnung, sehen Sie sich das an! Mein Mann betrügt mich. Es ist gerade mal Mittag und er kommt mit einer anderen Frau eng umschlungen aus dem Hotel!", schreit es in meinem Kopf, aber ich bin zu keinerlei Reaktion fähig, ich starre ihn nur an, als käme er von einem anderen Stern. Irgendwann schüttelt dieser den Kopf und geht weiter. Warum sollte ich dumme Kuh ihn auch kümmern? Schließlich bin ich bestimmt doppelt so alt und dann werde ich obendrein auch noch betrogen. Anscheinend ist mein Stern gerade am Sinken. Tränenblind schaue ich von meinen Einkaufstaschen hoch und sehe gerade noch, wie Hans Lydia einen Kuss auf die Wange drückt und mit ihr in einer schwarzen Limousine verschwindet. Die beiden scheinen bester Stimmung zu sein und sind sich offensichtlich keiner Schuld bewusst.

Ich sehe dem Auto hinterher und jetzt erst werde ich wütend. „Mit mir machst du das nicht, du Mistkerl. Das erste Mal konntest du mich vielleicht noch hinters Licht führen, noch einmal glaube ich dir nicht!" Mit gewaltigen Schritten stapfe ich zu meinem Auto und fahre nach Hause. Inzwischen habe ich geschrien, geweint und wieder gebrüllt. Es hat nichts geholfen. Ich bin enttäuscht, wütend und verletzt. Vor allem aber entsetzt über meine Blindheit. Es hätte mir wahrscheinlich schon lange auffallen müssen. Immer diese Überstunden. Ständig irgendwelche Geschäftsessen. Lange Besprechungen mit Lydia, um sie mit dem Kundenkreis vertraut zu machen. Dabei war alles nur Taktik, um mich nicht misstrauisch zu machen. Wer weiß, wie lange das schon geht?

Ob Lydias Mann davon weiß? Höchstwahrscheinlich nicht. Aber darüber mache ich mir auch keine Gedanken. Reicht schon, dass meine Ehe gerade am Scheitern ist, da muss ich mich nicht mit ihrer beschäftigen. Fremdgehen kann sie schließlich auch ohne meine Hilfe. Ich sehe mich um und finde wie immer Durcheinander vor. Mein Familienclan hat wieder mal überall gewütet. Seufzend räume ich die ersten Trümmer auf. Doch als ich gerade das Karo Hemd von Hans aufhebe, durchzuckt mich plötzlich ein völlig irrsinniger Gedanke. „Er weiß eigentlich gar nicht, was er an mir hat. Müsste er die Familie managen, würde hier in kürzester Zeit alles im Chaos versinken. Mal sehen, wie dir das gefällt, lieber Hans!" Schon stürme ich in den Keller, nehme mir meine kleine Reisetasche und begebe mich ins Schlafzimmer. Schnell packe ich ein paar Kleidungsstücke zusammen und hole meine Kultursachen aus dem Badezimmer. Da ich weiß, wo die goldene Kreditkarte meines Mannes liegt, nehme ich mir auch die. Rache muss sein. Sie ist weit mehr als gedeckt, aber wir benützen sie nur für größere Anschaffungen. Sozusagen unser Notgroschen.

Pipa kommt gleich aus der Schule. Eigentlich möchte ich nur noch weg, aber ich will nicht gehen, ohne mich wenigstens von den Kindern zu verabschieden. Ich nutze die Zeit und fahre in den nahegelegenen Kindergarten. Tizian springt wie ein Gummiball herum und freut sich mich zu sehen. Schon wanke ich in meiner Entscheidung. Trotzdem erkläre ich ihm, dass er heute Nachmittag bei Charlotte ist und wenn er nach Hause kommt, nur Papa da sein wird, weil Mama ein paar Tage wegfährt. Zu meiner Überraschung nimmt der Kleine das sehr gelassen auf und sagt: „Juhu, dann haben wir Männerabend." „Nicht ganz, denn Pipa ist ja auch noch da", antworte ich, doch mein Sohn erwidert gönnerhaft: „Die darf dabei sein, dass ist schon in Ordnung!" Schweren Herzens drücke ich ihn noch einmal fest an mich und versichere, dass ich bald wieder da sein werde.

Gleichzeitig mit Pipa komme ich zu Hause an.

„Mama was ist denn los? Hast du Schmerzen?" Meine Tochter hat sofort bemerkt, das etwas nicht stimmt. „Ach Pipa, ich weiß, es kommt ein bisschen plötzlich, aber mir wird im Moment alles zu viel. Ich fahre für ein paar Tage weg um mir eine Auszeit zu gönnen.

Du und Papa ihr kriegt das hin, ja?" „Natürlich! Was denkst du denn?", antwortet sie im Brustton der Überzeugung. „Du warst doch letztes Jahr auch vier Tage auf Wellness und wir haben das prima geschafft!"

Das stimmt, letztes Jahr konnte Renate mich erstmalig nach Tizians Geburt wieder überreden mit ihr auf Wellness zu gehen. Vorher haben wir das ab Pipas viertem Geburtstag jedes Jahr getan. Damit hat sie mich auch geködert, denn schließlich war Tizian gerade vier geworden. Es fiel mir trotzdem schwer loszulassen, aber es war wirklich schön und ich hatte die Erholung dringend gebraucht. Zu Hause lief alles glatt. Deshalb beruhige ich mich jetzt genau mit diesem Gedanken. „Okay Süße, ich rufe jeden Abend bei dir auf dem Handy an. Wenn irgendetwas sein sollte geb mir Bescheid und ich bin wie der Wind wieder hier!" „Mama, was soll denn sein?" Oh da fällt mir so einiges ein, aber ich nicke nur und behalte meine Sorgen für mich und verabschiede mich stattdessen innig von meiner Tochter.

An der Haustür drehe ich mich noch einmal kurz um, dann ziehe ich entschlossen die Tür hinter mir zu und steige ins Auto. Als Erstes fahre ich zur Tankstelle, danach gehe ich zur Bank und hebe fünftausend Euro ab. Das sollte reichen. Der Angestellte sieht mich zwar etwas verdattert an, zahlt mir den Betrag jedoch sofort aus. Jetzt kann es losgehen. Ich habe keine Ahnung, wohin ich will und was ich machen werde, aber es ist auch egal. Hans soll einfach mal ein paar Tage ohne mich zurechtkommen müssen. Vielleicht rückt das sein Weltbild wieder gerade. Ich brauche jedenfalls dringend Abstand, um mir Gedanken zu machen, wie ich mit der Situation umgehen möchte. Hans aus dem Haus zu schmeißen und ins Hotel zu schicken, wäre auch noch eine Möglichkeit gewesen, aber wenn die Kinder glauben ich mache einen Kurzurlaub, dann bekommen sie von der Situation erst einmal nichts mit und so soll es sein.

Vielleicht hätte ich die Kinder besser mitnehmen sollen? Aber Pipa steckt gerade mitten in den Schulaufgaben der neunten Klasse Gymnasium. Es wäre fatal, sie jetzt rauszureißen, und nur Tizian mitzunehmen, ist ungerecht. Also beruhige ich mein schlechtes Gewissen und fahre weiter. Irgendwann kann ich kaum noch die Augen offen halten und dringend auf Toilette muss ich auch. Ich beschließe, die nächste Ausfahrt abzufahren, um mir für heute Nacht ein Zimmer zu nehmen. Mittlerweile bin ich fast fünf Stunden am Stück gefahren. Es ist also auf jeden Fall zu weit, um jetzt noch umzukehren. Ich habe Glück, zwei Ortschaften weiter finde ich eine kleine, günstige Pension mit hübschen Zimmern und Frühstück. Als ich dann auf meinem Bett sitze in einer mir fremden Umgebung, an einem Ort, an dem ich noch nie war, überkommt mich das heulende Elend. Als ich mich wieder beruhigt habe, bin ich versucht, zu Hause anzurufen, und schalte das Handy ein, welches ich bewusst ausgeschaltet hatte. Meine Mailbox kann sich gar nicht mehr beruhigen und ich habe ungefähr zwanzig Kurznachrichten von Renate, Hans und Pipa auf dem Display. Erst höre ich den Anrufbeantworter ab. „Sybille, wo steckst du? Was ist denn los? Melde dich, wenn du das hörst, bitte!" Die war von Hans und wird nun viermal in fast gleichem Wortlaut wiederholt.

„Es ist ja eine Sache, dass du abhaust, aus welchen Gründen auch immer, aber mich darüber noch nicht einmal zu informieren, deine beste Freundin! Ich weiß nicht, was los ist und wie es dir geht! Wo bist du?" Renate ist stinksauer. Berechtigt. „Klar passe ich auf Tizian auf und helfe Papa. Ich hoffe, du kommst bald wieder, bis dahin mach dir mal keine Sorgen, wir schaffen das schon. Ich hab dich auch lieb." Meine Pipa, sie wirkt manchmal schon so erwachsen. Irgendwie nimmt sie es am gelassensten auf, dass ich eine Auszeit brauche, vielleicht versteht sie mich doch besser, als ich dachte. Schon bin ich versucht, sie anzurufen, doch ich verkneife es mir und sehe noch meine Kurznachrichten durch. Im Prinzip steht dort noch einmal das, was ich mir gerade angehört habe. Kurz hadere ich mit mir, ob ich mich nicht wenigstens bei Renate telefonisch melden soll. Verwerfe dann den Gedanken aber schnell wieder und schreibe ihr und Pipa nur eine Nachricht, dass es mir gut geht, sie sollen sich keine Sorgen machen und ich übernachte heute auf jeden Fall außer Haus.

Ich werde mich morgen einmal melden. Ich schalte das Handy wieder aus und lege mich erschöpft aufs Bett. Sofort falle ich in Tiefschlaf, aus dem ich erst erwache, als mir die Sonne mitten ins Gesicht scheint, weil ich vergessen habe, die Vorhänge zuzuziehen. Ein Blick auf den Wecker am Nachttisch sagt mir, dass es bereits halb acht ist. Träge recke ich mich und sofort wandern meine Gedanken zu den Kindern. Ob Pipa heute morgen aus dem Bett gekommen ist und pünktlich zur Schule? Wie es wohl Tizian ohne seine Mama geht? Klammheimlich hat sich während dieser Überlegungen meine Hand zum Telefon geschlichen. Sie liegt auf dem Hörer und ich bin versucht, ihrem Drängen nachzugeben.

Da ertönt ein lautes Klopfen an der Zimmertür. Erschrocken ziehe ich die Hand zurück und schaue an mir herunter. Ich bin noch angezogen von gestern, zwar etwas zerknautscht, aber okay. „Herein", krächze ich. Ein junges Mädchen, wahrscheinlich der Lehrling, steckt den Kopf herein und fragt, ob ich auf dem Zimmer oder im Gastraum frühstücken möchte. Ich lächle und nehme das Angebot an, meine Räume nicht verlassen zu müssen. Ein kurzer Blick in den Spiegel zeigt mir, dass eine Dusche dringend nottut. Nachdem ich mich gründlich gereinigt und Haare gewaschen habe, ziehe ich mir bequeme Jeans und ein Shirt über. Ein guter Geist, vielleicht die Kleine von vorhin, hat inzwischen den Tisch mit allerlei leckeren Sachen gedeckt. Zuerst schenke ich mir einen Kaffee ein, es gäbe auch heißes Wasser und Teebeutel. Ich entscheide mich für ein Brötchen und Marmelade. Mein Tisch steht vor dem Fenster und ich sehe nichts als Wiesen und Wälder. Hier sagen sich auch Hase und Igel Gute Nacht. Seufzend stelle ich fest, dass es schon ewig her ist, dass ich unter der Woche den Morgen einmal so ruhig beginnen konnte. Vielleicht sollte ich ein paar Tage hierbleiben? Nachdem ich satt bin, habe ich immer noch keine Entscheidung treffen können, was ich jetzt eigentlich machen möchte. Deshalb beschließe, erst einmal frische Luft zu schnappen und mich hier etwas umzusehen. An der Rezeption erfahre ich, dass es außer dieser kleinen Pension noch einen Bäcker, einen Metzger und einen Kramer laden gibt. Die Gegend wird wegen ihrer weitläufigen Wanderwege und der Nähe zu den Bergen geschätzt. Unter der Hand verrät mir die Wirtin, dass im Winter viele Skifahrer hier absteigen, die zwar keine teuren Hotels nehmen möchten, aber nicht auf das Vergnügen verzichten wollen, in den angesagtesten Skigebieten Urlaub zu machen. Aha, na ja, nachdem nun gerade Sommer ist, werde ich die Wanderwege nutzen. Eine Stunde und schmerzende Füße später begebe ich mich auf den Rückweg und habe, man glaubt es kaum, einen Entschluss gefasst. Ich werde wieder nach Hause fahren. Die Kinder können nicht so lange alleine bleiben und Hans kann auch nicht von heute auf morgen alles stehen und liegen lassen. Außerdem sollten wir miteinander sprechen, wie es weitergeht. Ich habe gerade nicht das Gefühl, dass ich ihm verzeihen kann. Also muss eine Lösung gefunden werden. Wieder im Zimmer, schalte ich das Handy ein und möchte gerade unsere Nummer wählen, als die Mailbox sich zu Wort meldet. „Wirklich, Sybille, jetzt reicht's. Du verschwindest einfach und lässt mich hier sitzen. Ich habe keine Ahnung, was los ist. Findest du das fair?" Hans ist stinksauer, aber ja, ich finde es in Anbetracht der Umstände fair. Die zweite Nachricht ist bestimmt ebenfalls von ihm. „Verdammt, du hast Glück, dass Lydia gerade vorbeigekommen ist, um einen Vertrag abzuholen. Sie hat den Kindern Frühstück gemacht und sie dann außer Haus gebracht. Ich habe einen wichtigen Termin mit dem Notar. Du kannst uns hier nicht einfach so sitzen lassen!"

Das glaube ich ja wohl nicht: Die Frau, mit der er mich seit Wochen betrügt, ist in meinem Haus und versorgt unsere Kinder?! Soll sie etwa demnächst auch noch einziehen? Ich lasse einen wütenden Schrei los und packe in Windeseile meine Sachen. Das ist ja wohl die Höhe! Kaum bin ich mal eine Nacht nicht da, holt er sich sein Flittchen ins Haus. Im Auto schlage ich erst einmal auf mein Lenkrad ein, bis meine Handflächen brennen. Dann starte ich den Motor. Gut, dass ich gestern schon bezahlt habe, so kann ich einfach losfahren. Die beiden werden mir eine Menge zu erklären haben. Ich wende und fahre in Richtung Autobahn, während mir die Tränen über die Wangen kullern. So schnell bin ich also ersetzbar, und Lydia nutzt die Gunst der Stunde und macht sich bei uns zu Hause breit. Wenn ich noch ein paar Tage warte, werden die Kinder sie lieben und ich kann in einem Karton hausen und mich frierend und hungernd an glückliche Zeiten erinnern. Fast fahre ich vor Schreck in den Graben, als plötzlich mein Handy klingelt.

Es ist Renate, wie das Display anzeigt. Mist! Schnell fahre ich rechts ran. „Hallo?", melde ich mich vorsichtig. „Dir geht es gut, ein Glück! Wo bist du denn und warum hast du nichts zu mir gesagt? Einfach so abzuhauen, weshalb bloß?" Ein Kloß steckt in meinem Hals und will einfach nicht mehr weggehen. Als sich die Stille in die Länge zieht, fragt Renate, ob ich noch dran bin. „Hm", kommt von mir. „Können wir uns irgendwo treffen, Süße? Dann kannst du in Ruhe alles erzählen. Sag mir, wo und wann, ich komme!" „Ha, das glaube ich kaum!", habe ich meine Sprache wiedergefunden. „Ich bin in den Bergen, ungefähr fünfhundert Kilometer von euch entfernt." „Was?!", schreit meine Freundin. „Wieso?" Sie wird wortkarg, ein Zeichen dafür, dass sie echt überrascht ist. „Du, ich stehe hier mitten auf der Straße und kann nicht so lange reden. Hier ist echt viel Verkehr. Bis heute Abend bin ich wieder zurück, aber dann muss ich erst mit Hans reden. Morgen Früh melde ich mich dann bei dir, okay?" „Dazu wollte ich dich auch noch etwas fragen, ich habe heute Morgen Hans mit dieser Lydia aus dem Haus kommen sehen. Habt ihr euch gestritten ihretwegen? Du glaubst doch nicht immer noch, dass er eine Affäre mit ihr hat, oder?" „Nein!" „Gut, das würde er dir niemals ..." „Ich weiß es!", unterbreche ich sie. Stille! „Renate, ich habe die beiden gesehen, als sie innig umschlungen aus dem Hotel kamen. Danach sind sie gemeinsam in ein Auto gestiegen und davongefahren. Die Szene war eindeutig, daran war nichts falsch zu verstehen. Wenn ein Mann und eine Frau, jeweils verheiratet, am helllichten Tag aus einem Hotel treten, noch dazu mit sehr eindeutigem Verhalten, würdest du dann denken, ach, ist bestimmt nichts passiert?"

Scharf holt sie Luft und lässt diese zischend wieder entweichen. „Ich nehme an, du hast ihn nicht darauf angesprochen, sondern bist gleich gegangen?" „Ja", gebe ich kleinlaut zu. „Bestens, diese Blöße brauchst du dir gar nicht zu geben. So ein Schwein!" Verdutzt schweige ich. Eigentlich habe ich mit einer Standpauke gerechnet. „Hör zu, ich will dir ja nichts einreden, aber komm erst mal nicht nach Hause. Was erwartet dich hier? Hans wird versuchen, alles herunterzuspielen und du weißt nicht, was du glauben sollst. Letzten Endes verletzt er dich nur noch mehr und ihr endet im Scheidungskrieg. Willst du das für dich und deine Kinder?" „Nein", hauche ich. „Aber was soll ich denn machen? Pipa und Tizian brauchen mich doch." „Ein paar Tage schaffen die es auch mal ohne dich. Außerdem soll Hans ruhig spüren, wie das ist, sich um eine Familie kümmern zu müssen. Der macht sich ein leichtes Leben, halst dir alles auf und steigt dann noch zum Dank mit einer anderen ins Bett. Und du würdest jetzt reumütig wegen der Kinder zurückkriechen und dich weiter verletzen lassen."

Im Prinzip wiederholt sie gerade die Worte, die mir gestern bei meinem überstürzten Aufbruch durch den Kopf gingen. „Spann einfach mal ein paar Tage aus. Ich verspreche dir, ich sehe mich jeden Tag mal bei euch um und halte dich auf dem Laufenden. Aber sag mir nicht, wo du bist, dann kann ich mich schon nicht verraten." „Vielleicht hast du recht, aber ich will nicht, dass Lydia ständig bei uns ein- und ausgeht." „Keine Sorge, die knöpfe ich mir schon noch vor. Also versuche, einen klaren Kopf zu bekommen, und ich melde mich morgen Früh wieder bei dir." Klack, hat sie aufgelegt. Tja, was jetzt? Eine Weile sitze ich einfach so da. Ich muss runter von der Straße, aber wohin? Doch nach Hause? Noch zwei Stunden, dann bin ich in Italien. Warum eigentlich nicht? Da wollte ich schon lange einmal wieder hin, und bei der Gelegenheit kann ich gleich mein Italienisch aufbessern, das im Laufe der Jahre doch sehr eingerostet ist.

Sybille auf Reisen

Ich hatte vergessen, wie schön Italien ist. Warum wollte ich eigentlich unbedingt nach Kroatien? Wieder einmal bewundere ich die Vegetation. Mein Weg führt mich Richtung Küste. Angehalten habe ich nur für eine kurze Tank-, Pinkel- und Vesperpause. Als es dämmerte, habe ich Florenz erreicht. Hier möchte ich die Nacht verbringen, denn ich war schon mal als ganz junges Mädchen auf Klassenabschlussfahrt hier und die Stadt hat mir sehr gefallen. Wie am Vorabend auch, finde ich Quartier in einer kleinen Pension. Es ist noch nicht die große Urlaubssaison ausgebrochen und somit sind viele Zimmer frei und günstig. Die Unterkunft ist einfach, aber sauber. Bevor ich unter die Dusche gehe, checke ich mein Handy. Pipa hat mir geschrieben, dass zu Hause alles okay ist. Schnell schreibe ich ihr zurück, wie lieb ich beide habe und mich bald bei ihr melde. Sofort schalte ich wieder ab, denn das Letzte, was ich jetzt möchte, ist eine Nachricht oder ein Anruf von Hans. Frisch geduscht trete ich auf die Straße auf der Suche nach etwas Essbarem. Zwei Seitenstraßen weiter befindet sich eine kleine Trattoria. Dort bestelle ich mir „un vino della casa é una pizza margherita". Es schmeckt vorzüglich, aber vor Ort schmeckt ja alles immer besser. Gesättigt und leicht beschwipst von einem halben Liter Wein - wegen Verständigungsproblemen war es nicht nur ein Glas - schlendere ich zurück. Die lange Fahrt und der Wein zeigen ihre Wirkung, in Minutenschnelle bin ich eingeschlafen.

Zuhause in Franken

Es klingelt Sturm! Pipa öffnet ihrer wutentbrannten Patin die Tür. „Hallo, Süße!", nickt sie ihr zu und schiebt den Teenager sofort zur Seite. „Wo ist dein Vater?" „Im Büro", antwortet Pipa, einigermaßen erstaunt über das Verhalten ihrer Patentante. Diese ist gerade im Begriff, die Bürotür mit Karacho einzurennen, entscheidet sich dann aber in letzter Sekunde doch noch für den Türgriff. Unbewusst atmet Pipa auf. Was war hier nur los? Erst ist Mama weg und schreibt so einen merkwürdigen Brief, sie bräuchte ein bisschen Urlaub, aber es sei alles in Ordnung. Dann verhält sich Papa schon den ganzen Tag so komisch und schleicht herum, als hätte man ihm sein Auto zu Schrott gefahren. Was nicht der Fall ist, denn danach hat Pipa schon gefragt. Mehr war aber auch nicht in Erfahrung zu bringen. Jetzt kommt auch noch Renate wie ein Racheengel hereingeschneit. Langsam pirscht sie sich an das Büro heran, um ein bisschen lauschen zu können. Doch aus den Wortfetzen wird sie nicht so ganz schlau. Immerhin kommen Worte wie „hintergehen", „gemeiner Schuft" und „hinterhältiges Schwein" vor. Oha, Renate ist wirklich sauer. Zu solchen Kraftausdrücken lässt sie sich normalerweise nicht hinreißen, denn das ist „undamenhaft", wie Pipa immer wieder gepredigt wird. Die benützt solche Ausdrücke nämlich mit Vorliebe.

Um Sie, liebe Leser, nicht im Dunkeln zu belassen, so verläuft das Gespräch hinter der Bürotür tatsächlich:

„Du hinterhältiges Schwein, wie kannst du das Sybille antun? Besitze dann wenigstens den Anstand, dich zu trennen, und betrüge sie nicht über Monate hinweg." Hans schaut erst verwundert, dann sichtlich amüsiert. „Das Ganze haben wir doch schon durchgekaut, Sybille und ich. Sie weiß doch, dass ich nichts mit Lydia habe. Sag mir lieber, was jetzt schon wieder los ist?" „Genau das, du Schuft, hintergehst meine Freundin! Wer weiß, wie lange schon." „Jetzt mach aber mal einen Punkt, Renate. Das haben Sybille und ich geklärt. Willst du mir etwa sagen, dass sie deswegen weg ist?" Ungläubig starrt er die beste Freundin seiner Frau an.

„Ja, ist sie. Mit allem Recht der Welt. Selbst wenn ich wüsste, wo Sybille gerade ist, ich würde es dir nicht verraten. Jeden Tag tauche ich bei euch auf und sehe nach dem Rechten – und dass diese Lydia sich hier nicht einnistet." „Du hast ihr also diesen Floh ins Ohr gesetzt, dass ich mit Lydia etwas habe? Deshalb ist sie abgehauen, weil du ihr dazu geraten hast?" „Unterschätze mal deine Frau nicht, die ist ganz alleine draufgekommen, was du mit dieser Lydia treibst, und auch zum ‚Abhauen', wie du es nennst, brauchte sie weder Hilfe noch Rat von mir. Das hat sie ohne mich hingekriegt." So etwas wie Stolz schwingt in Renates Antwort mit. „Ich habe dir doch schon gesagt ...", beginnt Hans von Neuem. „Spare dir deinen Atem. Sybille hat dich mit der anderen eng umschlungen aus dem Hotel kommen sehen. Daran gibt es wohl wenig misszuverstehen." Fassungslos sieht Hans nun drein. „Haha, siehst du, darum ist deine Frau auf und davon. Denk dran, ich habe dich unter Beobachtung!" Mit dieser Drohung stürmt Renate aus dem Büro, vorbei an einer ziemlich verunsicherten Pipa und hinaus zur Haustür, nicht ohne sich kurz noch einmal umzudrehen. „Keine Sorge, Süße, ich manage schon alles für euch", was auch immer das nun wieder bedeuten mochte. Vorsichtig lugt Pipa um die Ecke der immer noch offen stehenden Bürotür. Ihr Vater sitzt am Schreibtisch, den Kopf in den Händen vergraben.

Es versetzt ihr einen Stich ins Herz, ihn so zu sehen. Genau verstanden, um was es bei dem Streit zwischen Papa und Renate ging, hat Pipa zwar nicht, aber dumm ist sie mit ihren vierzehn Jahren auch nicht mehr. Anscheinend gab es einen Vorfall mit Konstantins Mutter, der wiederum Pipas Mama so aufgeregt haben muss, dass sie wegwollte. Sie nimmt sich vor, den Jungen gleich einmal anzurufen und nachzufragen, ob er mehr weiß. Eine halbe Stunde später legt Pipa nachdenklich das Telefon auf die Station. Konstantin meint, bei ihm zu Hause wäre alles in bester Ordnung und es gäbe weder Streit noch Diskussionen wegen ihren Eltern. Überhaupt verstünden sich doch alle so gut, dass es sicher nur ein Missverständnis gegeben habe. Das Mädchen hofft, er habe recht und alles löse sich ganz schnell in Wohlgefallen auf. Aber irgendwie bleibt trotzdem ein komisches Gefühl in ihrer Magengegend.

Sybille auf Reisen

Es ist seltsam, alleine aufzuwachen. Dann kommt noch hinzu, dass niemand nach mir ruft, um irgendetwas besonders Wichtiges noch vor Schule oder Kindergarten erledigt zu haben. Ohne Hast duschen und anziehen, Gott, ich wusste nicht, wie schön das sein kann. Trotzdem fehlt der morgendliche Trubel. Es ist unnatürlich ruhig und ich fühle mich fremd und fehl am Platz. Wieder hadere ich mit der Entscheidung, weiterzufahren. Ich trete aus dem Hotel und sehe mich um nach einer Panetteria, wo ich ein Cornetto essen und einen Espresso trinken kann. In Italien trinkt man leider üblicherweise keinen Kaffee Es gibt entweder Espresso oder Cappuccino, alles andere kann man im Prinzip nicht trinken. Einige Straßen weiter entdecke ich eine süße kleine Bäckerei und trete ein. Während meines Frühstücks überlege ich schon wieder, ob ich nicht doch nach Hause fahren soll. Nicht wegen Hans, aber den Kindern zuliebe. Gerade Tizian versteht noch so überhaupt nicht, warum Mama weg ist, und Pipa sollte zwar erst einmal nichts mitbekommen, aber sie einfach mit der Verantwortung alleinzulassen, zeugt nicht von einer Glanzleistung meines Mutterdaseins.

Gerade zu Ende gedacht, piept mein Handy, welches ich vorhin angeschaltet habe.

Wie erwartet, erscheint zuerst eine Nachricht von Hans, in der er mir beteuert, es handle sich um ein Missverständnis und ich solle doch nach Hause kommen, damit wir das klären können. *Ich liebe dich so sehr! Bitte!*, lautet der Schluss. Genau, er liebt mich, und der Rest war ja nur Sex! Wieder kocht die Wut in mir hoch.

In einem hat Renate sicherlich recht. Wenn ich jetzt nach Hause fahre, um das mit Hans zu klären, würden die Kinder viel zu viel mitbekommen. Das ist eine Sache zwischen meinem Mann und mir. Es wäre nicht fair, sie zwischen die Fronten zu stellen. Außerdem habe ich ja auch noch gar keine Ahnung, wie ich überhaupt mit dieser Situation umgehen soll. Kann man denn die gemeinsame Zeit einfach so wegzuwerfen? Hans war das wohl egal oder er hat es bewusst in Kauf genommen. Für so blöd, dass ich sein Fremdgehen nicht irgendwann bemerke, kann er mich ja kaum halten, oder etwa doch? Das wäre dann noch die Krönung des Ganzen. Deprimiert stehe ich also hier in Florenz und weiß überhaupt nichts mit mir anzufangen.

Der Zufall nimmt mir eine Entscheidung ab, denn gerade betritt ein älteres Ehepaar die Panetteria. Beide diskutieren heftig auf Deutsch, wer von ihnen die gewünschte Bestellung aufgibt. Sofort muss ich schmunzeln. Die zwei sind wirklich drollig und sehr vertieft in ihren Dialog. Die Verkäuferin muss dreimal auf sich aufmerksam machen. Ohne noch weiter auf ihren Mann zu achten, bestellt die Dame in ihrem besten und deutlichstem Deutsch. „Zwei Brötchen und zwei Kaffee bitte." Verständnislos zuckt die Italienerin mit den Achseln. „In unserer Pension gibt es nämlich kein Frühstück", fügt nun die ältere Frau erklärend hinzu. Schulterzuckend dreht die Verkäuferin sich um und überlegt. „Siehst du, ich habe dir gleich gesagt, versuch es auf Englisch, aber du hörst ja nicht auf mich", meldet sich nun der Ehemann wieder zu Wort. „Weil *du* auch Englisch sprichst, bei dir happert es ja sogar am Deutsch!", kontert seine Frau und schon geht das Wortgefecht weiter, während hinter dem Tresen inzwischen abwechselnd Weißbrot, Cornettos und Gebäck hochgehalten werden – geflissentlich ignoriert von den beiden, langsam wütend von der Angestellten. „Darf ich Ihnen vielleicht behilflich sein?", mische ich mich nun ein, um Schlimmeres zu verhindern. Verblüfft drehen sich drei Personen nach mir um. Offensichtlich haben die zwei Herrschaften mich nicht bemerkt und die Verkäuferin aus ihrem Gedächtnis verbannt. Liebenswürdig lächelt der Herr mich an. „Junge Dame, wir haben ein Problem, wir können kein Italienisch und würden uns gerne Brötchen zum Frühstück bestellen." „Aber Englisch", fügt seine Frau zur Ehrenrettung hinzu. „In diesem Teil von Italien wird selten Englisch gesprochen, am besten geht es in Italienisch oder in Ihrer eigenen Sprache mit Hand und Fuß, irgendwann kommt man dann schon zum Ergebnis", erkläre ich lächelnd. „Wie viele Brötchen benötigen Sie denn?" „Quattro panini per favore e una confezione di chicchi di caffè", bestelle ich nach erhaltener Antwort in meinem besten Italienisch und erhalte gleich darauf vier noch warme Brötchen und eine Packung Kaffeebohnen. Zum Dank wollen mich die beiden unbedingt zum Kaffee in ihre Pension einladen. Nach kurzem Zögern stimme ich zu, warum eigentlich nicht, ich habe ja gerade nichts vor. Auf dem Weg zur zwei Straßen entfernten Pension erfahre ich, dass Hermann und Trudi, so heißen die beiden, eigentlich eine Gruppenrundreise durch Italien gebucht hatten. Diese stand jedoch unter keinem guten Stern. Zuerst wurde der Busfahrer krank, der Ersatzfahrer war schon bestellt, da kam ein Anruf vom Reisebüro, dass die Reiseführerin wohl für längere Zeit ausfalle, weil sie sich das Bein gebrochen habe. Die Reise wurde erst einmal verschoben, bis Ersatz gefunden würde. In der Zwischenzeit sind von der ursprünglichen Reisegruppe, bestehend aus dreißig Personen, allerdings zehn abgesprungen und haben anderweitig gebucht. Die Gruppenreise wurde aber nur ab fünfundzwanzig Personen angeboten. Nachdem sich einen Monat lang nichts getan hat, beschlossen Trudi und Hermann ebenfalls, nicht mehr zu warten, und haben mit dem Reisebüro ihre eigene kleine Rundreise zusammengestellt. „Hier sind wir nun auf unserer zweiten Station in Florenz, eine Vierundsechzigjährige und ein Siebenundsechzigjähriger, die beide kein Italienisch sprechen und eigentlich auch kein Englisch, und überlegen, ob wir nicht doch besser wieder nach Hause sollten", erläutert mir Trudi geknickt. Die beiden tun mir leid. Man kann ihnen ansehen, wie sehr sie sich auf diese Reise gefreut hatten und wie enttäuscht sie nun sind, dass alles ganz anders läuft, als geplant. „Was ist denn euer nächstes Ziel?" „Wir sind von Köln mit dem Zug nach Pisa gefahren, jetzt in Florenz, dann kämen Siena, Grosseto und zuletzt Rom." „Eine tolle Route, und das toskanische Klima ist für die Knochen Gold wert. Wollen Sie es sich nicht noch einmal überlegen? Waren Sie überhaupt schon einmal in Italien?" „Nur am Gardasee, weiter sind wir nie gekommen. Früher hatte man ja auch nicht das Geld, da war Camping mit den Kindern am Gardasee schon reiner Luxus." „Stimmt, heutzutage sind wir in der glücklichen Lage, unseren Kindern doch so einiges mehr zu bieten." Ehe ich es mir noch einmal überlegen kann, erzähle ich von meinen Kindern und dass wir dieses Jahr eigentlich in die Türkei fliegen wollten, aber jetzt steht meine gesamte Zukunft in den Sternen und ich weiß noch überhaupt nicht, wie es weitergehen soll. Erst als Trudi mir mitfühlend nickend ein Taschentuch reicht, bemerke ich, dass mir dicke Tränen über die Wangen rollen. Es ist mir peinlich, zwei im Grunde wildfremde Menschen mit meinen Problemen zu belasten, deshalb verstumme ich abrupt. Eine Weile sitzen wir alle drei schweigend zusammen, lediglich unterbrochen von einem Schniefen und Schnäuzen meinerseits. „Wo sind denn ihre Kinder untergebracht? Ich will ja nicht indiskret sein, aber sind sie denn versorgt?" Hermann trifft den Nagel auf den Kopf mit seiner Frage. „Na ja, ehrlich gesagt bin ich mir dessen nicht ganz so sicher, deshalb spiele ich schon mit dem Gedanken, wieder nach Hause zu fahren. Schließlich ist Tizian erst vier und Pipa wird zwar bald fünfzehn, aber ich kann ihr nicht die komplette Verantwortung für ihren Bruder übertragen." „Gibt es denn keine Tante oder Freundin, die mal auf die Kinder schaut, und was ist mit ihrem Mann?" Trudi denkt praktisch, eben wie eine Mutter. „Es gäbe noch in Wiesbaden meine Schwester Cornelia, aber die hat auch zwei kleine Kinder im Alter von drei und fünf Jahren. Die kann für meine Familie nicht alles stehen und liegen lassen. Sowohl unsere als auch die Eltern von Hans leben in einem Heim für betreutes Wohnen. Dann habe ich noch Renate, meine beste Freundin, aber ehrlich gesagt hat sie nicht wirklich viel mit Kindern am Hut, auch wenn sie mir versprochen hat, immer nach dem Rechten zu schauen. Ja, und Hans, der ist selbstständig und könnte seine Termine schon so legen, dass er spätestens, wenn Tizian vom Kindergarten kommt, zu Hause ist. Pipa ist ja schon sehr reif für ihr Alter und schafft alles ganz gut alleine." Die alte Dame nickt während meines Berichts, erwidert aber nichts. Ob sie nun damit mein Verhalten, einfach alles stehen und liegen zu lassen, gut oder schlecht beurteilt, weiß ich nicht einzuschätzen. Jedenfalls bewirkt es, dass ich mich wie eine miese Verräterin fühle.

Resigniert stehe ich also auf und bedanke mich für den Kaffee und die nette Einladung. Trudi umarmt mich fest und wünscht mir Glück, Hermann klopft mir aufmunternd auf die Schulter. „Stopp!", ertönt es da plötzlich lautstark hinter mir, als ich gerade die Tür zuziehe. Verdutzt drehe ich mich noch einmal um, habe ich etwas vergessen? „Sie sagten doch gerade, ihr Mann kann sich seine Termine passend legen, also hat er auch die Möglichkeit, für die Kinder da zu sein?" Erwartungsvoll sieht mich Trudi an.

Ich nicke. „So, wie wir Sie heute kennengelernt haben, und wie besorgt um ihre Kinder Sie wirken, gibt es wohl einen guten Grund, gerade nicht zu Hause bei ihnen zu sein?" Wieder nicke ich.

„Na, dann ist doch alles in bester Ordnung!", ruft Trudi triumphierend aus. Verständnislos blicken Hermann und ich die Dame an. Aber wir bekommen keine Erklärung, stattdessen wackelt sie vergnügt zur nächsten Kommode und holt dort Block und Stift hervor. Will sie jetzt etwa, dass ich einen Brief schreibe? Sie winkt uns an den Tisch, damit wir uns zu ihr setzen. Den Block hat sie bereits vor sich liegen und scheibt Wochentage und Uhrzeiten darauf, wie eine Art Stundenplan. So langsam dämmert mir, was sie vorhat, ich bin ja auch nicht in Dummhausen geboren.

„Also, wann sollte denn ihr Mann spätestens zu Hause sein?", interviewt sie mich. „Um drei, denn zwischen halb vier und vier kommt Tizian oder er muss ihn um diese Zeit holen, wir haben nämlich eine Fahrgemeinschaft", gebe ich zwar pflichtschuldig Auskunft, bin aber nicht ganz sicher, warum ich hier mitspiele, ich bin so durch den Wind, dass ich mir darüber einfach keine Gedanken mache. „Das heißt, er muss auch morgens einmal fahren und ihren Sohn zum Kindergarten bringen?" „Ja, zweimal die Woche. Montag und Mittwoch spätestens bis neun. Da könnte er später anfangen." „Hm, hm", macht Trudi und schreibt eifrig weiter. „Was soll das denn eigentlich werden?", frage ich nun doch vorsichtig nach, obwohl ich natürlich schon ahne, um was es sich handelt. „Wir machen einen Stundenplan, wer wann für Ihre Kinder sorgt", zwitschert Trudi in bester Laune. „Wieso? Ich meine, eigentlich möchte ich heute noch nach Hause fahren", erwidere ich nun verärgert.

Die Dame hebt den Kopf und sieht mich lange schweigend an. Ihr Gesichtsausdruck ist ernst, als sie schließlich antwortet. „Sie haben mir vorhin bestätigt, dass es einen guten Grund für ihren Aufenthalt hier in Florenz gibt, und das glaube ich Ihnen. Gerne würde ich jetzt sagen, ich möchte mich nicht einmischen, aber wir haben uns heute durch Zufall kennengelernt und Sie scheinen eine sehr nette Person zu sein. Jedoch habe ich auch den Eindruck, Sie sollten sich erst einmal über einige Dinge klar werden, bevor Sie wieder die Heimreise antreten. Es tut weder Ihnen noch Ihren Kindern gut, wenn in ihrem Inneren Chaos herrscht. Ihr Mann und ihre Freundin schaffen das bestimmt mit Pipa und Tizian." Zum Erstaunen beider breche ich wieder in Tränen aus. Das ist absolut untypisch für mich. Normalerweise stehe ich mit beiden Beinen fest im Leben und niemand bekäme das Recht sich in meine Familienangelegenheiten zu mischen. Im Moment bin ich aber froh, über Trudis resolute Art, um wenigsten das Gefühl zu haben mein Leben wieder geregelt zu bekommen. Unbeholfen streichelt Hermann mir über den Arm. „Ich mache Ihnen einen Vorschlag", murmelt er, nachdem ich mich wieder etwas beruhigt habe. „Was halten Sie denn davon, uns zu begleiten? Ich meine, nicht als Reiseführerin oder so, aber ursprünglich wollten wir ja eine Gruppenreise machen und nun wären wir immerhin zu dritt. Außerdem können Sie Italienisch", fügt er schulterzuckend hinzu. Unter Tränen schmunzle ich. Diese beiden sind echt süß. Obwohl sie mich ja kaum kennen und gar nicht wirklich wissen, was bei mir zu Hause los ist, sorgen sie sich um mich. Natürlich ist laut Hermann auch ein gewisser Eigennutz dabei, aber gerade das finde ich sympathisch. Mir wird nichts vorgemacht. Unsicher schaue ich von einer zum anderen.

Zu Hause in Franken

„Renate, bitte, was soll ich denn machen?" „Jedenfalls nicht mich um Rat fragen, die Suppe hast du dir ganz alleine eingebrockt, jetzt sieh zu, wie du sie wieder auslöffelst!", entgegnet Renate ungehalten. „Es geht doch gar nicht um mich, sondern um die Kinder, ich muss ja auch noch arbeiten, wie soll ich das denn unter einen Hut bekommen?" Seine Stimme klingt weinerlich. „Da siehst du mal, wie es deiner Frau geht. Falls es dir entgangen sein sollte, deine Frau arbeitet auch, und erstaunlicherweise hat sie bisher alles prima hingekriegt. Vielleicht hättest du ihr Engagement etwas mehr zu schätzen wissen sollen, anstatt die nächstbeste Schlampe ins Bett zu zerren!" Bissig und zynisch, das war die beste Freundin von Sybille schon immer. „Renate! Das geht zu weit! Bevor du dir ein Urteil anmaßt, solltest du dir erst mal anhören, was tatsächlich passiert oder besser nicht passiert ist." „Weißt du was, Hans, wir können das Gespräch ja bei Gelegenheit mal vertiefen, doch nun muss ich dringend zur Maniküre." Zack, und die Leitung ist unterbrochen. Fassungslos starrt er den Hörer an. Dieses unverschämte Frauenzimmer! Na gut, er wird es auch ohne Hilfe schaffen. Lydia und die Nachbarin haben bereits versprochen, ab und an einzuspringen. Wäre doch gelacht, wenn er das bisschen Haushalt, die Kinder und seine Arbeit nicht unter einen Hut bringen könnte. Denn in einem Punkt hat Renate leider recht: Sybille kann das wunderbar. Heute ist Dienstag und laut Stundenplan kommt Pipa erst um drei von der Schule. Tizian wird abgeholt und kommt um halb vier. Also kann er seiner Tochter eine Nachricht schreiben, dass er um halb vier zu Hause sein wird. Bis dahin hat er Zeit, seine Termine etwas anzupassen, und schließlich gibt es ja nun auch Lydia, die ihm die Abendtermine abnehmen wird.

Sehr zufrieden mit sich selbst verlässt Hans das Haus. Dass seine Frau ihn wegen Ehebruchs verlassen hat und seine Ehe kurz vor dem Aus steht, schiebt er in diesem Moment weit weg.

„Tizian! Warum sitzt du denn weinend vor der Tür? Wo ist denn Pipa?" „Ich ... ich weiß es nischt ...", schniefend und prustend sitzt der Kleine zusammengesunken auf der obersten Treppenstufe. Ein Bild des Jammers. „Na, komm erst mal rein, der Papa macht dir gleich einen Kaba." Nickend und immer noch mit laufenden Tränen und Rotznase folgt sein Sohn ihm ins Haus. Schnell sind Tasse, Milch und Kakaopulver in der Mikrowelle verschwunden und Hans schnappt sich das Telefon. Aber bei Charlotte, der Nachbarin und Mutter von Tizians bestem Freund Florian, geht keiner ran. „Weißt du, wo Charlotte ist? Warum hat sie denn nicht geklingelt und gewartet, bis jemand aufmacht?"

„Weil Mami weiß, wann ich heimkomme, und Charlie heute noch irgendwohin musste. Es ist doch immer jemand da, nur heute nicht." Wieder fangen die Tränen zu laufen an und Hans kommt sich unsagbar schlecht vor. Es kann sich zwar höchstens um fünf Minuten gehandelt haben, die er warten musste, aber für einen Vierjährigen bedeutet das eine Ewigkeit. Der Kakao tut bereits seine Wirkung und zaubert wieder etwas Farbe auf Tizians Wangen. „Wo zum Donnerwetter steckt eigentlich deine Schwester?", poltert Hans und greift erneut zum Telefon, um seine Tochter anzurufen. Aber ihr Handy ist ausgeschaltet.

Geschafft sinkt Hans auf den Küchenstuhl. So viel zum Thema „alles locker hinkriegen".

Eine Stunde später schneit dann auch endlich Pipa herein. Bestens gelaunt stürmt sie ins Wohnzimmer, wo Tizian inzwischen Eisenbahn spielt und Hans sich zu entscheiden versucht, ob es selbst bestellte Pizza oder Chinesisch zum Abendessen gibt. „Na, sieh an, die Tochter gibt sich die Ehre! Kannst du mir mal verraten, wo du jetzt herkommst und warum du dein Handy nicht anhattest?" Erstaunt blickt ihn Pipa an.

„Also Papa, ich habe nun schon das dritte Jahr Theatergruppe, und zwar immer dienstags von drei bis fünf, auch wenn du nie da bist, solltest du das aber schon wissen. Bei den Aufführungen bist du ja auch immer dabei. Wann denkst du denn, dass wir proben?" „Jedenfalls nicht heute!", brüllt Hans und weiß, dass er gerade mehr als ungerecht ist, aber Pipas flapsige Antwort hat ihn provoziert. Sie öffnet den Mund, macht ihn wieder zu, marschiert zur Treppe und murmelt im Vorübergehen: „Bin in meinem Zimmer." Schon fällt mit einem ziemlich kräftigen Wumm die Tür ins Schloss. „Türenknallen darf man nicht, gell, Papa?", kräht Tizian.

Es ist höchste Zeit für einen Schlachtplan. Heute nach dem Abendessen wird er mit Pipa reden müssen, wie ihre Woche aussieht und wann genau sie zu Hause ist. Charlotte kann seinen Sohn nicht einfach vor der Tür abstellen, mit ihr wird er feste Absprachen treffen.

Dann sollte das Ganze funktionieren. Nachdem die Pizza bestellt wurde und Hans erkannt hat, dass es nur an den nötigen Absprachen fehlt, geht es ihm gleich besser. Wer braucht schon Sybilles durchgeknallte Freundin Renate?

Renate hat unterdessen ein schlechtes Gewissen, weil sie Hans heute Morgen am Telefon so abgekanzelt hat. Sybille verlässt sich auf sie und Renate hat versprochen, einmal täglich bei der Familie nach dem Rechten zu sehen. Heute gestaltet sich das leider äußerst schwierig, da sie den ganzen Tag Termine und abends noch einen kleinen Umtrunk für besonders zahlungskräftiges Klientel hat. Aber danach wird sie ihren Kalender durchgehen und sehen, wie sie sich Zeit nehmen kann, um wenigstens die Kinder zu unterstützen.

Sybille auf Reisen

„Könnte ich mal bitte kurz telefonieren?", frage ich die beiden, nachdem sich der erste Schock gelegt hat. Ich habe das dringende Bedürfnis, mit meiner besten Freundin zu sprechen. „Das ist doch ein großartiges Angebot!", ruft Renate nun, als ich ihr alles erzählt habe. „Ja, das mag schon sein, aber es würde bedeuten, dass ich für mindestens zwei Wochen weg wäre." „Toll, dann hast du genügend Zeit nachzudenken, und Hans auch. Übrigens habe ich gestern einen sehr hilflosen Hans am Telefon gehabt." „*Was* hast du?", frage ich in einer Mischung aus Entsetzen und Amüsement.

„Na, du kannst ja viel von Hans verlangen, aber putzen und waschen lässt du ihn mal besser nicht. Deshalb habe ich Helga engagiert. Hat früher mal bei mir in der Galerie und zu Hause geputzt, du kannst dich bestimmt noch erinnern. Sie ist grundehrlich und macht ihre Sache gut." Mittlerweile wirft die Galerie so viel Gewinn ab, dass Renate eine Reinigungsfirma beauftragt hat, aber vorher gab es da Helga. Wirklich eine Perle, ich habe Renate oft darum beneidet, wenn ich mal wieder nicht wusste, wie ich meiner Wäscheberge Herr werden sollte. „Hatte die denn so kurzfristig Zeit?" „Na ja, sagen wir mal so, wenn der Preis stimmt, geht meistens alles." „Renate, hör auf, dein Geld für mich auszugeben, schick sie nach Hause!" „Das werde ich nicht, denn ich gebe nicht *mein* Geld aus, sondern das deines Mannes. Er weiß es nur noch nicht. Ich habe lediglich die Konditionen festgelegt." Jetzt muss ich tatsächlich lachen.

„Du hast es wirklich faustdick hinter den Ohren, aber trotzdem denke ich, es ist besser, ich komme zu den Kindern nach Hause." Empört holt meine Freundin Luft. „Traust du mir eigentlich gar nichts zu?"

Was soll ich darauf antworten? Es ist nun mal so, dass meine Freundin immer noch Single ist und bisher nicht den Eindruck erweckte sich um eine Familie kümmern zu wollen. Trotzdem würde ich im Ernstfall das Leben meiner Kinder guten Gewissens in ihre Hände legen. „Hans hat den Fahrdienst für Tizian organisiert, die nächsten zwei Tage ist alles geregelt. Heute Nachmittag werde ich mit Pipa ein Eis essen gehen und mal mit ihr sprechen."

„Oh, das ist schön", entgegne ich zögernd. Es scheint wirklich alles in Ordnung zu sein, ich weiß nur nicht, ob ich das nun gerade gut oder schlecht finden soll. Außerdem muss ich mir eingestehen, dass ich meine Kinder extrem vermisse.

„Schau mal, es ist doch ganz einfach. Die beiden erwarten doch gar nicht unbedingt von dir, dass du die ganze Tour mit ihnen machst. Aber sie haben offensichtlich begriffen, dass es dir gar nicht gut geht und du Zeit zum Nachdenken brauchst. Wir kommen hier auf jeden Fall klar und es gibt auch noch Telefon. Wenn ich dich nicht erreiche, dann kann ich auch mal Cornelia anrufen." „Lieber nicht!", rufe ich dazwischen. „Es ist besser, wenn Conny erst mal nichts erfährt." „Okay, verstehe ich. Jetzt mach dir mal keinen Kopf. Du verabredest mit Pipa, spätestens alle zwei Tage mal zu telefonieren, und wenn die Sehnsucht zu groß wird, kannst du immer noch jederzeit abbrechen und nach Hause kommen."

Inzwischen weiß Renate, dass ich mich im Ausland befinde, wahrscheinlich vermutet sie auch, wo, aber wie vereinbart, habe ich mich in meinen Angaben sehr vage gehalten. Wir verabschieden uns mit dem Versprechen, dass wir morgen Abend wieder telefonieren und die Kids dann dabei sind. Erleichtert, dass alles läuft, und traurig darüber, dass ich die nächste Zeit auf meine Kinder verzichten muss, trete ich aus dem Schlafzimmer in die Wohnküche. Trudi und Hermann sitzen immer noch am Tisch und sehen mir gespannt entgegen. Bedeutungsvoll fällt ihr Blick auf den Block mit dem Zeitplan. Lächelnd lege ich ihn zwischen die beiden. Renate hat ja bereits Vorarbeit geleistet und war begeistert über den Plan, welcher ihr die weitere Organisation erheblich erleichtert. Ich berichte nun von meinem Telefonat und dass ich erst einmal als Begleitung zur Verfügung stehe. „Aber ich verspreche nichts. Wenn die Sehnsucht zu groß wird, packe ich vielleicht in Windeseile meinen Koffer und bin weg", füge ich hinzu. „Das verstehe ich, und wir werden Sie dann auch nicht aufhalten. Kinder haben immer Vorrang." Hermann brüht uns noch einen Kaffee auf und wir schmieden Pläne, wohin es am nächsten Tag gehen soll. Für kurze Zeit vergesse ich meine

Sorgen und fühle sogar fast so etwas wie Vorfreude auf die kommenden Tage.

Zu Hause in Franken

Pünktlich um drei Uhr steht Renate vor Pipas Schule. Es bis hierher zu schaffen, kostete sie wirklich Nerven. Das Mittagessen mit dem Kunden war anstrengend, und scheinbar gerade weil Renate es eilig hatte, bestellte dieser noch Nachspeise und einen Espresso. Zu allem Überfluss traf der Interessent noch nicht mal eine definitive Kaufentscheidung. Sowieso schon zu spät, hetzt Renate also zum Auto, nur um gleich darauf wegen der zahlreichen Baustellen überall im Stau zu stehen. Angekommen an der Schule, wimmelt es nur so von Bussen, Autos und Schülern. Wie um Himmels willen soll sie da nur Pipa finden? Erschrocken fährt Renate zusammen, als es am Beifahrerfenster klopft. Pipa wartet gar nicht erst ab, bis sie reagiert, sondern reißt mit Schwung die Autotür auf, wirft die Büchertasche auf den Rücksitz und lässt sich mit einem „uff!" auf den Sitz neben ihr fallen. „Hi, Pipa", begrüßt Renate ihr Patenkind, das ungefähr so aussieht, wie sie sich selbst fühlt. „Mann, war das heute anstrengend", kommt sogleich eine Erläuterung. Sie fahren das kurze Stück zur Eisdiele in einvernehmlichem Schweigen. An der Eis Theke kann Pipa sich nicht entscheiden. „Ich glaube, ich nehme Joghurt im Becher mit Schokolade, oder besser doch nicht. Vielleicht lieber Erdbeere, aber irgendwie sieht mir das zu künstlich aus." Und deshalb bestellt sich das Patenkind, um auf Nummer sicher zu gehen, das quietschblaue Schlumpfeis. Renate verkneift sich ein Lachen, bestellt eine Kugel Nuss im Becher und folgt Pipa an einen Tisch im Schatten. „Was war denn heute so anstrengend?", möchte sie wissen. „Ach, die Lehrer nerven alle rum, weil unsere Klasse dieses Jahr so laut ist und überhaupt auch so schlecht. Der beste Durchschnitt, den wir bisher hatten, war 3,0." „Na ja, das ist aber doch in der neunten Klasse Gymnasium nicht ungewöhnlich", weiß Renate noch aus ihrer Schulzeit zu berichten. „Eben, aber es wird ständig Druck gemacht von wegen, wenn wir jetzt nicht die Kurve kriegen, ist es zu spät, dann müssen wir abgehen, jetzt wird aussortiert und so weiter. Voll ätzend!" Das kann Renate sich gut vorstellen. Schule ist kein Zuckerschlecken. „Aber mit deinen Mitschülern kommst du gut klar, oder?" „Doch, schon. Die sind alle echt in Ordnung. Bis auf René, der ist irgendwie doof." „Von dem hast du mir noch gar nichts erzählt. Geht er auch in deine Klasse?" „Nö, in die Parallelklasse. Deshalb hab ich zum Glück nicht so viel mit ihm zu tun. Aber der nervt echt." „Was ist denn so nervig?", hinterfragt die Patin genauer.

„Sobald er mich sieht, brüllt er über den ganzen Gang: ‚Hey, Pipa!', und als ob das nicht schon peinlich genug wäre, setzt er manchmal auch noch ‚meine Schöne' dahinter. Überhaupt habe ich das Gefühl, er verfolgt mich." „Ärgert er dich auch ab und zu?" „Nein, er ist nur irgendwie immer da, wo ich bin." Wissend schaut Renate ihr Patenkind an. „Tja, Süße, da würde ich mal sagen, herzlichen Glückwunsch zu deinem ersten Verehrer. Der Junge findet dich eindeutig gut." Pipas Gesichtsfarbe wechselt zwischen Rot und Weiß und umgekehrt. „Oh je, und was mache ich jetzt?" „Gar nichts. Jungs muss man immer kommen lassen. Wenn du ihn gut findest, kannst du ihm ab und zu mal ein Lächeln schenken oder zur Begrüßung winken. Irgendwann wird er genug Mut haben, um dich richtig anzusprechen, du wirst schon sehen." „Ich weiß aber gar nicht, ob ich ihn gut finde. Na ja, süß ist er schon irgendwie und mutig ist er auch. Seine Kumpel gucken immer ganz komisch, wenn er nach mir ruft. Aber eigentlich habe ich mich doch in Konstantin verguckt. Doch der will eh nichts von mir."

Wie ein Häufchen Elend sinkt Pipa in sich zusammen. Ach je, die ganz eigene Gefühlswelt der Teenager. Tröstend legt Renate ihr die Hand auf den Arm. „Möchtest du vielleicht noch ein Eis?" „Nein, das blaue Eis schmeckt total grauenhaft, grrr!" Lauthals lachen die beiden. „Sie fehlt mir!", platzt Pipa unvermittelt heraus. „Natürlich fehlt dir deine Mama, und du ihr auch. Ich habe heute Morgen erst mit ihr telefoniert." „Wann kommt sie denn wieder?" „Das wird wohl noch ein bisschen dauern. Hör mal Pipa, ich bin kein guter Mutterersatz und das will ich auch gar nicht versuchen. Aber eine Freundin kann ich sein, die dir durch diese Zeit hilft, so wie ich deiner Mama immer helfe. Wenn du mich lässt." „Ich weiß ja noch nicht einmal, was eigentlich los ist?"

Das ist wahr. Renate ist ratlos, sie kann ihrem Patenkind doch unmöglich die Wahrheit über ihren Vater erzählen. Aber was dann? „Pass auf! Deine Eltern haben sich ziemlich gestritten, weil sie in etwas absolut unterschiedlicher Meinung sind. Weglaufen ist zwar keine Lösung, aber deine Mama musste einfach einmal raus. Sie hat ja seit Jahren keine Zeit mehr für sich gehabt und die nimmt sie sich jetzt eben einmal." „Werden meine Eltern sich trennen?" Ängstlich sieht mich Pipa an. Sie ist an der Grenze zum Erwachsenwerden, wie viel Ehrlichkeit verträgt sie schon? „Ich weiß es nicht, aber der Abstand, den beide jetzt haben, rückt vielleicht manche Dinge wieder ins rechte Licht. Es ist auf jeden Fall besser, als wenn sie sich ständig streiten." Pipa nickt, doch so wirklich zufrieden scheint sie mit der Erklärung nicht zu sein.

Sybille auf Reisen

Wie am Vortag beschlossen, machen wir drei uns nach einem schnellen Frühstück auf den Weg nach Siena. Da es nur eine kurze Strecke von Florenz aus ist, fährt heute Hermann. Für die weiteren Fahrten werden wir uns abwechseln. Im Augenblick überwiegt die Freude auf die Stadt und ihre Sehenswürdigkeiten. Wenn wir eine gute Unterkunft finden, werden wir drei Tage bleiben und dann ein Stückchen weiterfahren. Mit oder ohne mich. Denn eines ist mir gestern Nacht noch klar geworden, ich kann eine Aussprache mit Hans nicht auf die lange Bank schieben. Egal, was dabei rauskommt, wir sind es alleine schon den Kindern schuldig, klare Verhältnisse zu schaffen. Außerdem will ich Lydia das Feld auch nicht komplett kampflos überlassen.

Trudi reißt mich aus meinen Gedanken und erzählt lustige Anekdoten aus ihrem gemeinsamen, recht bewegten Leben. Je länger ich die beiden um mich habe, umso mehr wachsen sie mir ans Herz. Ganz sicher werden wir weiterhin Kontakt haben. Die Begegnung mit den Beiden tut mir insbesondere auch deshalb so gut, weil meine Eltern leider nicht mehr so gesund sind.

Unser Vater hat immer gearbeitet, sein Leben lang. Selbst noch, als er schon viele Jahre in Rente war. Aber er wurde immer weniger leistungsfähig und vergaß alles Mögliche. Der Arzt stellte gutartigen Darmkrebs fest, was nicht weiter schlimm ist, solange er weiterhin gutartig bleibt. Dafür wurde aber die Vergesslichkeit immer schlimmer. Laut

Einschätzung der Ärzte handelt es sich jedoch nicht um Demenz. Unsere Mutter tat ihr Bestes, um für Vater da zu sein. Da sie von jeher mit ihrem Gewicht kämpft, traten nun schwere Arthrose und Gichtanfälle immer häufiger auf. Irgendwann, nachdem auch meine Schwester die vielen anfallenden Kleinigkeiten in Haus und Garten nicht mehr länger übernehmen konnte, beschlossen wir, dass die geeignetste Lösung betreutes Wohnen sei. Seitdem sind unsere Eltern wie ausgewechselt. Sie haben eine Art Altenclique und sind ständig unterwegs. Diese Wohnform hat den Vorteil, dass immer jemand da ist, wenn sie mal Hilfe benötigen. Trotzdem können sie weitgehend selbstständig leben. Meine Schwester hat das Wohnheim gleich zwanzig Kilometer nebenan.

Wir müssen eine Fahrt von mehreren Stunden auf uns nehmen. Dafür sind die Eltern von Hans in der nächstgelegenen Stadt untergebracht. Beide sind noch sehr rüstig, jedoch nicht mehr fit genug, um selbst für sich zu sorgen, geschweige denn für unsere Kinder. Dennoch habe ich die beiden sehr oft und gerne zu Besuch und es sind immer schöne Tage, die wir zusammen verbringen. An solch einem Nachmittag vor zwei Jahren eröffneten uns die zwei dann auch, dass es Zeit sei, in eine Einrichtung für betreutes Wohnen zu gehen.

Mittlerweile kämpft Hermann sich durch den doch recht hektischen Verkehr in Siena. Ich mache den Vorschlag, irgendwo anzuhalten und nach einer Pension zu fragen. Das Problem: Wir kennen uns alle nicht aus!

Wieder kommt uns der Zufall zu Hilfe. Es ist bereits jetzt um elf Uhr schon extrem heiß und wir haben Durst. Praktisch veranlagt, erklärt Trudi, wir sollten auf jeden Fall Getränke und gleich ein paar Snacks einkaufen, um am Abend nicht noch einmal loszumüssen. Im Vorbeifahren entdecke ich ein Supermarktschild und lotse Hermann beherzt auf den Parkplatz. Wir steigen aus und der Himmel wird plötzlich dunkel von dicken Wolken.

Nachdem wir etwas Knabberei und Getränke erstanden haben, verlassen wir den Supermarkt und sind entsetzt. Der Himmel hat in der Zwischenzeit schleusenartig seine Pforten geöffnet und der halbe Parkplatz steht unter Wasser. Keine Chance, auch nur ansatzweise trocken zum Auto zu gelangen. So stehen wir also mit all den anderen Supermarktkunden unter dem Glasdach gedrängt und warten auf das Ende der Sintflut.

Trudi ist besorgt. „Was, wenn das jetzt die ganze Zeit so weiterregnet? Wir wissen noch nicht einmal, wo wir heute Nacht schlafen sollen. Bei diesem Wetter wird es doch noch schwieriger, etwas zu finden." „Jetzt mach dir mal keinen Kopf. Siena ist groß, wir finden bestimmt etwas. Notfalls gehen wir ins Hotel." Ein junger, hochgewachsener Italiener hat gespannt unsere Unterhaltung verfolgt. Nun wendet er sich höflich an mich. „Mi dispiace, signora, isch abe geört Sie suchen una pensione per la notte?" Verwundert sehe ich ihn an. „Si", krächze ich. „Mia madre ho una pensione. Mein Deuts ist nict so gut", er zuckt entschuldigend die Schultern. Gott, ist der süß mit seinen schwarzen Wuschelhaaren und den braunen Kulleraugen. Das gebrochene Italienisch-Deutsch hat seinen ganz eigenen Reiz. Ich schätze ihn auf Ende zwanzig. Trudi strahlt übers ganze Gesicht. „Wo ist denn diese Pension? Weit von hier?" Der nette Mann schüttelt den Kopf und ergießt einen italienischen Wortschwall auf uns. Wie bereits erwähnt, sind meine Sprachkenntnisse geringfügig eingerostet, um es präziser zu formulieren, extrem verschüttet bis hin zu nicht mehr vorhanden, sodass ich ihn genau wie meine beiden Begleiter verständnislos ansehe. Immerhin glaube ich begriffen zu haben, dass die Unterkunft wohl nicht direkt in Siena wäre und irgendetwas mit Berg und Pfirsichen oder Fischen? Es ergibt keinen Sinn. „Non lo so" ist das Einzige, was mir einfällt. Es heißt: Ich weiß es nicht. Was für eine blöde Antwort, aber er scheint zu verstehen, denn ein breites Grinsen zeigt ebenmäßig weiße Zähne und hübsche Grübchen an den Wangen. Ganz langsam in deutsch-italienischem Kauderwelsch erklärt er uns, die Pension liege in dem Ort Castelnuovo Berardenga und dieser sei auf einen Hügel gebaut. Von dort habe man einen wunderschönen Blick und es gebe guten Chianti. Dabei leuchten Hermanns Augen, ob nun wegen der Aussicht oder des Weines, ich weiß es nicht. „Ferraro" heiße die Pension seiner Mutter.

„Ah, Ferrari, wie das Auto!", ruft Trudi entzückt. „No! Ferraro, nict Ferrari. Ic eiße Giovanni Ferraro e mia madre Doro Ferraro." Nach seinem Gesichtsausdruck zu urteilen, ist er über den Vergleich mit einem Auto sehr genervt. Wahrscheinlich passiert dies häufiger. Nachdem wir glauben, alles verstanden zu haben, hat es tatsächlich auch aufgehört zu regnen. Wir verabschieden uns herzlich von Giovanni und bedanken uns. Unerwartet einfach finden wir uns zurecht in der dschungelartigen Beschilderung und keine Stunde später fahren wir in den Ort Castelnuovo Berardenga ein. Es ist ein nettes kleines Städtchen, auf einem Hügel gelegen, umgeben von Zypressen und Pinien, welche für die Toskana so typisch sind. Unterhalb liegen Weinberge und Olivenhaine. Wir müssen einmal kurz halten, um nach der etwas versteckt liegenden Pension Ferraro zu fragen, doch diese ist dann schnell gefunden. Das Haus ist in Landesart gebaut und besticht durch seine Einfachheit. Es ist hellgelb gestrichen und mit den grünen Fensterläden macht es einen sehr freundlichen Eindruck. In der Tür erscheint eine vollschlanke, hübsche Frau mit wuscheligen dunkelblonden Haaren. Ich erkenne sie sofort als Mutter von Giovanni.

„Ah, Gäste, mein Sohn hat Sie mir bereits angekündigt!", lacht diese, als wir aussteigen, und begrüßt uns in akzentfreiem Deutsch. Wir staunen alle drei nicht schlecht.

„Ich komme aus Deutschland", erklärt Doro sogleich. Offensichtlich kennt sie diese Reaktion schon. „Mein verstorbener Mann Paolo war Italiener, ist aber in Deutschland aufgewachsen. Seine Eltern haben sich getrennt, als er zehn war. Der Vater kam zurück nach Castelnuovo und die Mutter blieb in Deutschland. So hat er alle Ferien in Italien verbracht und beschlossen, irgendwann einmal wieder hier zu leben. Zuerst wollte er in Rom studieren, doch mir zuliebe ist er in Deutschland geblieben. Aber irgendwann bin ich natürlich mit ihm gegangen. Da war Giovanni gerade zehn. Er hat die Schule hier beendet. Leider spricht er inzwischen besser Italienisch als Deutsch. Doch was soll ich sagen, ich habe diesen Schritt nie bereut." Das alles erzählt uns Dora so nebenbei, während sie uns unsere Zimmer mit kleiner Kochzeile und einem Tisch zeigt. Alles ist sehr sauber und ordentlich. Sie brüht fröhlich einen Espresso auf, während wir unser Gepäck abstellen und uns kurz frisch machen. Im Garten hat sie bereits kleine, süße Gebäckstücke und die Espressokanne hingestellt. Besser kann ein Empfang nicht sein. Wir genießen beides. Während Trudi und Hermann noch angeregt mit unserer Gastgeberin plaudern, entschuldige ich mich und gehe auf mein Zimmer.

Oben angekommen, wähle ich als Erstes Pipas Handynummer. „Hi, Mum." Schon bei der Begrüßung höre ich, dass sie mir unbedingt etwas erzählen möchte, also schiebe ich erst einmal meine Bedürfnisse beiseite und höre zu. So erfahre ich von ihrem Nachmittag mit Renate und dem Gespräch über René und ihre Eltern.

„Ja, stimmt, von dem hast du schon ein paarmal gesprochen. Ich bin mir sicher, Renate hat recht." So weh es mir auch tut, mein Mädchen wird langsam erwachsen und Jungs gehören nun mal dazu, auch wenn mir das nicht wirklich passt. In diesem Fall ist es gut, dass Pipa Renate hat. „Wie geht es Tizian, kann ich mit ihm sprechen?" „Nein, der ist bei Florian, aber morgen Abend, wenn du anrufst, sorge ich dafür, dass er in meinem Zimmer ist, und dann könnt ihr miteinander reden." „Ich vermisse euch so sehr." Kein so guter Satz, ich weiß. „Wir dich auch, Mama, wann kommst du wieder?" „Bald, mein Schatz. Mach dir keine Sorgen wegen Papa und mir, wir klären das." Es wird ruhig am anderen Ende der Leitung und ich weiß, was in meinem Kind nun vorgeht. „Nein, wir lassen uns nicht scheiden", jedenfalls nicht gleich, füge ich in Gedanken hinzu. „Es ist im Moment einfach besser, wenn ich deinem Vater ein bisschen aus dem Weg gehe und er mir. Das ist alles." Ich spüre, dass sie das nur halbwegs beruhigt, und schon bin ich versucht, meiner Tochter zu erklären, ich komme wieder nach Hause. Da fällt der verhängnisvolle Satz. „Papa ist heute Abend nicht zu Hause, er geht mit Lydia essen." Das ist echt starker Tobak, kaum bin ich weg, trifft er sich ganz ungeniert mit seiner Neuen. Nachdem ich so praktische Dinge wie Abendessen (Renate holt was vom Chinesen)und Schulalltag mit meiner Tochter geklärt habe, verabschiede ich mich mit einer inbrünstigen Liebesbezeugung von ihr. Na, der wird mich kennenlernen! Ohne nachzudenken, wähle ich seine Handynummer. Es klingelt keine zweimal. „Sybille?", schallt es fragend durch den Lautsprecher. „Hast du sonst noch eine Ehefrau?", frage ich beißend und setze gleich noch eines drauf. „Oder hast du inzwischen schon vergessen, dass es mich gibt, wo du doch jetzt freie Bahn und Zeit für Lydia hast?" Ich höre, wie mein Mann nach Luft schnappt, was mich ungemein befriedigt.

„Du weißt, dass es so nicht ist", gibt er in einer Mischung aus Entschuldigung und Entrüstung zur Antwort. „So, weiß ich das? Na, deiner Meinung nach sollte ich wohl besser gar nichts wissen, hm? Wie lange dachtest du eigentlich, das Ganze vor mir geheim halten zu können? Und hätte ich es überhaupt irgendwann erfahren? Oder wäre ich nach Beendigung der Affäre für immer die gehörnte Ehefrau geblieben? Nein, stopp, ich vergaß, so etwas würdest du ja nie tun. Du hättest Lydia erst einmal in aller Ruhe ausprobiert und dann entschieden, dich aus Vernunftgründen von mir zu trennen. Schließlich kann man ja nicht zwei Frauen lieben, stimmt's?" Boah, war das unter die Gürtellinie! Manchmal sollte man echt besser denken vor dem Reden. Das Schweigen am anderen Ende gibt mir recht. Ich habe mich hinreißen lassen, und darauf bin ich gerade gar nicht stolz. Egal, wie verletzt ich bin, mit Gemeinheiten um mich zu schlagen, macht es jetzt auch nicht besser. Aber leider habe ich das bereits getan. „Entschuldigung", murmle ich kleinlaut und lege auf. Kurz darauf klingelt mein Handy, auf dem Display sehe ich, dass es Hans ist. Ich gehe nicht ran. Warum auch, ich war fies und gemein und er wird versuchen, mir etwas zu erklären, was ich nicht hören will. Kein guter Zeitpunkt, um nach Hause zu fahren.

Zu Hause in Franken

Als Hans die Tür öffnet, weht ihm ein frischer Wind um die Nase und ein fröhliches „Hallo!", zusammen mit einer drallen Brünetten, welche sich als Helga, die neue Haushaltshilfe, vorstellt. Diese hat einen Eimer mit allerlei Putzutensilien dabei und bahnt sich bereits ihren Weg, vorbei an einem sehr verdutzten Hans, ins Innere des Hauses. Geschäftig packt sie alles auf die Küchentheke, während schon einmal Wasser in die Spüle läuft. Endlich erwacht auch Sybilles Mann aus seiner Verblüffung. „Was machen Sie eigentlich hier und wer hat Sie überhaupt engagiert?" „Na, de Renade. Was für'ne baddende Frau! Die weiß hald, was so ein frauenloser Haushalt brauchd. Und da ich gerade Zeid hadde, hab ich gleich zujesagd", erläutert die Dame in bestem Sächsisch. Ohne ein weiteres Wort macht Hans auf dem Absatz kehrt. Na, die kann was erleben! „Was fällt dir eigentlich ein, dich in unsere Angelegenheiten zu mischen?! Außerdem kann es ja gut sein, dass Sybille heute wieder nach Hause kommt!", außer sich vor Wut schreit er fast ins Telefon. „Nein, kann es nicht. Ich habe ihr versprochen, mich in ihrer Abwesenheit um alles zu kümmern, und das mache ich auch. Die Haushaltshilfe war der erste Schritt."

„No, das is ja mal ein hübsches Kleid", meint Helga bewundernd, als Pipa die Treppe herunterschwebt. Zumindest bis zur letzten Stufe, welche sie ganz undamenhaft überspringt. Das rote, luftige Kleid steht ihr in der Tat sehr gut und ihre langen Haare glänzen in der durch die Fenster scheinenden Sonne wie gesponnenes Gold. Wäre Sybille zu Hause, hätte Pipa so wohl nicht aus dem Haus gehen dürfen. Laut ihrer Mutter ist es morgens noch zu kühl und man holt sich in einem Sommerkleid buchstäblich den Tod.

Manchmal kann es auch Vorteile haben, wenn die Mutter auf Reisen geht, denkt sich Pipa, während sie schnell durch die Haustür schlüpft, damit auch Papa nichts mehr an ihrem Outfit aussetzen kann. Wie aufs Stichwort tritt dieser nach dem lautstarken Zufallen der Haustür aus seinem Büro. „Ist meine Tochter schon gegangen?" „No", antwortet Helga. Hans zieht die Augenbrauen in die Höhe. „Das war doch gerade die Haustür, oder?" „No", lautet der erneute Kommentar. „Ja, was denn nun, ist Pipa nun noch da oder nicht?" Hans ist sehr genervt und kann partout nicht verstehen, warum diese Putzhilfe unbedingt Englisch mit ihm sprechen will. „Sach ich doch die ganze Zeit, de Pipa is schon weg." „In Zukunft sprechen Sie bitte Deutsch mit mir, wenn ich etwas frage!", herrscht Hans die verdutzte Helga an und rauscht wieder in sein Büro. „Gomischer Gautz ist das", murmelt sie vor sich hin und widmet sich wieder dem Staubwischen.

Renate wurde heute Morgen in einem ausführlichen Telefonat von Sybille auf den neuesten Stand gebracht. Sie kann sich vorstellen, wie es ihrer Freundin nun geht, und fühlt sich berufen, mehr für die Familie da zu sein. Denn Renate findet auch, man sollte dieser Lydia das Feld nicht einfach so überlassen, und wenn noch eine Frau im Haus ist, dann kann diese hier nicht einfach so ein- und ausgehen, wie sie gerade möchte. Kurzerhand hat Renate deshalb eine kleine Reisetasche gepackt und das Gästezimmer von Familie Wurst bezogen. Eddie war von ihrem spontanen Entschluss nicht halb so begeistert, wie sie erwartet hatte. Eigentlich sollte er sie für eine verantwortungsvolle Frau halten, welche durchaus in der Lage ist, sich um eine Familie zu kümmmern. Aber anscheinend sieht Eddie das ganz anders. Er bedauerte lediglich den Umstand, nun kaum Zeit mit ihr verbringen zu können, und wollte wissen, ob sie sich eine Zukunft in Australien vorstellen könne. Renate blieb ihm die Antwort erst einmal schuldig.

Da Tizian heute am Nachmittag nicht zu seinem besten Freund kann, ist Renate der ‚Babysitter‘. Der kleine Mann kommt schlecht gelaunt zur Tür herein. „Kindergarten ist sooooo doof und ich will heute mit Florian spielen.“ „Das geht leider nicht, die Mama vom Florian hat heute nämlich keine Zeit.“ „Na gut, dann spielst eben du mit mir“, stellt der Knirps bedeutungsvoll fest. Socken und Schuhe sind patschnass. „Was hast du denn gemacht, Tizian, es regnet doch gar nicht draußen?“ „Ja, aber wir haben doch ein Loch im Garten und da ist immer Wasser drin“, klärt er auf. Verdammt, was nun? Tizian braucht die Schuhe morgen wieder, er hat kein Ersatzpaar mehr, sind alle schon zu klein. Die Sonne wird sie bis morgen nicht trocknen, also schaltet Renate kurzerhand den Herd auf hundert Grad und stellt die Schuhe rein. Der Zweck heiligt ja bekanntlich die Mittel.

Hans glänzt den ganzen Tag schon durch Abwesenheit. Renate ist froh darüber, sie möchte vor den Kindern keine Streitgespräche mit ihm führen. Nachdem Tizian endlich davon überzeugt wurde, dass Renate keine so tolle Spielkameradin ist, knetet er nun am Küchentisch zufrieden vor sich hin. Pipa kommt gerade von der Schule und ist erstaunt, Renate vorzufinden. „Was machst *du* denn hier?" „Na, das nenne ich doch mal eine nette Begrüßung!" Ihre Patentante ist offensichtlich nicht gut gelaunt.

„Ich meine ja nur, weil du gestern gar nicht gesagt hast, dass du kommst." „Tja, da siehst du mal, wie schnell sich die Dinge doch ändern. Gestern noch unabhängige Singlefrau, heute schon so etwas wie Familienmanagerin." Der genervte Unterton in ihrer Stimme ist nicht zu überhören. Pipa kennt ihre Tante gut genug, um jetzt besser nichts mehr zu sagen. Sie schnappt sich Tizian, der vor Freude quietscht, weil er mal wieder ohne Proteste in Pipas Zimmer darf, und geht mit ihm hoch.

Zurück bleibt eine schon am ersten Tag frustrierte Renate. Sie hadert immer noch mit der Aussage von Eddie, dass er seine Zukunft mit ihr planen wolle. Statt sich ganz auf ihr neues Leben konzentrieren zu können, muss sie das ihrer Freundin wieder auf die Reihe bekommen und Kinder hüten. Nicht gerade ihre Meisterdisziplin. Pipa und Tizian telefonieren unterdessen mit Sybille und diese erfährt nun erstaunt, dass ihre beste Freundin beschlossen hat, einzuziehen. Sie ist sowohl beruhigt als auch beunruhigt. Renate eignet sich weder zur Hausfrau noch hat sie bisher Gelegenheit gehabt, mütterliche Qualitäten zu entwickeln. Trotzdem ist sie die Einzige, der sie jederzeit das Leben ihrer Kinder anvertrauen würde. Tizian weint am Ende des Telefonats, weil er möchte, dass seine Mama ihn heute zu Bett bringt. Wieder hält sich Sybille für eine Rabenmutter. Als sie aufgelegt haben, weint auch sie. Pipa dagegen ist ganz gefasst und tröstet ihren Bruder mit dem Versprechen, er dürfe in ihren Armen einschlafen. Das ist etwas ganz Besonderes.

Hans kommt von der Arbeit und prallt direkt mit Renate im Flur zusammen, als diese in Hektik um die Ecke rauscht. „Du hier?" „Ja, ich hier." „Wo sind die Kinder?"

„Oben, es gibt gleich Essen." „Was gibt es denn?" „Käseeier und Salat." „Aha, na dann gehe ich mal die Kinder holen", schon flieht er die Treppe hinauf. Renate schüttelt den Kopf und deckt den Tisch.

Kurze Zeit später sitzen drei hungrige Gestalten um den Esstisch. Nur leider ist das Essen irgendwie doch nicht fertig. Zu aller Erstaunen befanden sich nämlich nicht wie geplant die Eier mit dem Käse zum Überbacken im Herd, sondern immer noch die Schuhe. Das Gesicht von Hans, als er das Essen aus dem Ofen holen will, kann man sich vorstellen. Die Kinder kreischen vor Vergnügen.

Sybille auf Reisen

Bei selbst gekochten Spaghetti und einem guten Glas Rotwein erzähle ich Trudi und Hermann die ganze Misere. Ich schöne meinen Bericht nicht und auch die Gemeinheiten, welche ich Hans an den Kopf geworfen habe, kommen zur Sprache. „Na, das war aber wirklich nicht nötig, junge Dame!", weist Hermann mich zurecht. Kleinlaut nicke ich. „Ich weiß." „Aber ich kann es auch verstehen", eilt Trudi mir zu Hilfe, und Hermann wackelt mit dem Kopf, als ob er sich nicht recht entscheiden kann. „Was soll ich denn jetzt nur machen? Am liebsten würde ich sofort meine Sachen packen und nach Hause fahren. Die Kinder fehlen mir so sehr. Gerade der Kleine versteht doch gar nicht, warum Mama so lange weg ist. Aber bei dem Gedanken daran, Hans gegenüberzutreten, gerade auch nach dem letzten Gespräch, wird mir richtig schlecht."

Wieder einmal ist es Trudi, welche die ganze Sache vom praktischen Standpunkt aus betrachtet. „Aber für die Kinder ist doch gesorgt, jetzt, wo Renate auch bei euch wohnt. Die kommen schon noch ein paar Tage ohne dich aus. Viel wichtiger ist doch erst mal, dass du dir darüber Gedanken machst, ob du deine Ehe retten willst, und wenn ja, solltest du schleunigst reagieren und mit Hans reden. Aber das macht erst Sinn, wenn du für dich weißt, was du möchtest." Ich seufze. „In meinem Kopf herrscht ein einziges Chaos. Der Mann, den ich liebe und geglaubt habe zu kennen, hintergeht mich auf so dreiste Art und Weise. Das hat mich wirklich tief verletzt. Andererseits haben wir zwei tolle Kinder und wir hatten bisher ein schönes Leben miteinander." Sehr leise füge ich nach einer kurzen Pause hinzu: „Und eigentlich dachte ich auch, wir führen eine gute Ehe." Ich stehe so schnell auf, dass fast mein Stuhl umkippt. „Ihr entschuldigt mich bitte, ich brauche ein bisschen frische Luft!", und damit eile ich tränenblind die Treppe hinunter ins Freie.

Der Garten rund um die Pension ist weitläufig und wunderschön angelegt. Die Sonne geht langsam unter und die friedliche Abenddämmerung in dem üppigen Grün bringt mich langsam wieder zur Besinnung. Immer wieder geht mir der letzte Satz, den ich zu Trudi und Hermann gesagt habe, durch den Kopf und langsam frage ich mich, was eine gute Ehe ausmacht. Weiß ich das überhaupt? Habe ich vielleicht die Augen vor Anzeichen verschlossen, die ich hätte sehen müssen? Hat Hans versucht, mir zu sagen, dass wir eben keine gute Ehe führen, und ich habe es nicht begriffen? Ich bin so versunken in meine Gedankenwelt, dass vor Schreck fast meine Knie nachgeben, als mich jemand von der Seite anspricht.

„Ah, signora, isch freue mic, Sie gefunden nella casa di mia madre!" Es ist Giovanni, der strahlend auf mich herabsieht. „Come ti piace qui?" Ich habe verstanden, was er mich gefragt hat, aber zu mehr als einem Nicken bin ich nicht fähig. Zu sehr blendet mich das hübsche Lächeln seiner strahlend weißen Zähne und mein Gehirn kann den kurzen Schrecken immer noch nicht verarbeiten. Er hält mich bestimmt für eine blöde Kuh. Als ob er meine Gedanken lesen könnte und meint, ich bräuchte Hilfe, nimmt er mich sanft am Ellbogen und geleitet mich aus dem Garten auf die Terrasse. Dort werden wir schon von Trudi, Hermann und Doro erwartet. Alle drei strahlen um die Wette und ich kann mich des Eindrucks nicht erwehren, in eine Kuppelshow geraten zu sein und jeder wartet nun darauf, wie ich reagiere und ob der Mann an meiner Seite eine Chance bekommt. Aber da werde ich nicht mitspielen. „Muss noch auspacken, entschuldigt bitte", murmle ich deshalb, nicke in die Runde und eile auf mein Zimmer, in der Hoffnung, dass mir niemand folgt. Tatsächlich erreiche ich die heilige Pforte ohne weitere Zwischenfälle und lasse mich verwirrt auf mein Bett fallen.

Was war denn das nun wieder für eine seltsame Situation? Beide, sowohl Trudi als auch Hermann, waren sich von Beginn an einig, dass man eine Ehe, egal was geschehen ist, nicht einfach so wegwirft. Warum haben mich dann gerade alle so angegrinst, als ich mit Giovanni um die Ecke kam? Ich rufe Renate an, um das mit ihr zu erörtern. Mit geschickten Fragen hat sie bei unserem letzten Telefonat herausgefunden, wo ich mich gerade aufhalte. Inzwischen bin ich mir sicher, sie wird Hans nichts verraten. „Du bist paranoid, nur weil dich jemand anlacht, will das doch nichts heißen. Außerdem kennst du diesen Govini doch kaum." „Giovanni", verbessere ich. „Ja, wahrscheinlich spinne ich mir da wirklich etwas zusammen, aber es kam mir eben merkwürdig vor, wie die drei da saßen. Als seien sie die Zuschauer in so einer Flirtsendung." Renate lacht glockenhell.

„Na ja, anscheinend sieht dieser ‚Giovanni‘“, man merkt, wie sehr sie dieses Mal auf den richtigen Namen achtet, „richtig gut aus. Gegen einen kleinen Flirt wäre doch nichts einzuwenden. Zumal du nach dem ganzen Schlamassel ein bisschen Selbstbestätigung ganz gut gebrauchen könntest.“ Typisch meine beste Freundin, kaum hört sie „Mann“ und „gut aussehend“, denkt sie nur an das eine. „Ach, hör doch auf, erstens bin ich mindestens fünf Jahre älter als er und zweitens steht mir nach so etwas gerade gar nicht der Sinn. Ich bin mir ja noch nicht einmal sicher, was ich mit meiner Ehe anstelle! Noch mehr Komplikationen verkrafte ich im Moment nicht“, wieder ertönt ein Lachen. „Ach, Sybille, du bist unverbesserlich altbacken. Jeder flirtet, immer und überall. Du gehst damit keinerlei Verpflichtungen ein. Und Hans hat es am allerwenigsten verdient, dass du auf ihn und seine Gefühle Rücksicht nimmst. Genieße es doch einfach, wenn so ein junger Kerl dir schöne Augen macht.“ Nun bin ich an der Reihe zu schmunzeln. „Das tut er gar nicht, er ist nur freundlich zu mir, weil ich in der Pension seiner Mutter wohne. Wie du schon vorhin festgestellt hast, werde ich wohl langsam paranoid. Alle um mich herum haben gute Laune und meine Leben ist ein einziger Trümmerhaufen. Mein Mann betrügt mich mit seiner Geschäftspartnerin oder hat es zumindest getan, und ich habe nichts Besseres zu tun, als die Flucht zu ergreifen und die Kinder meiner besten Freundin zu überlassen. Eine wirkliche Glanzleistung!“

„Meine Güte, eigentlich sollte dich dieser Italienurlaub aufmuntern und auf Spur bringen. Doch du zermürbst dich anscheinend selbst." „Ja, ich habe auch schon darüber nachgedacht, wieder nach Hause zu fahren", gebe ich ihr recht. „Oh nein, so war das nicht gemeint!", ruft Renate geradezu entsetzt. „Ich meinte nur, dass deine Unentschlossenheit aufhören muss." „Aha, und wie soll ich das deiner Meinung nach anstellen? Kennst du vielleicht an meinem Körper einen Knopf, den ich noch nicht gefunden habe? Einfach drücken und – Schwups – weiß ich, was zu tun ist?" „Nein, den habe ich auch noch nicht gefunden, aber ich kenne da ein sehr wirksames Mittel, du wirst schon sehen." Kaum ausgesprochen, hat sie auch schon aufgelegt.

Ungläubig starre ich mein Handy an. Was genau meinte sie mit Mittel? Soll ich etwa Antidepressiva nehmen? So weit bin ich noch lange nicht! Ob ich wohl noch einmal anrufe? Unschlüssig drehe ich das kleine Gerät in meinen Händen hin und her. Irgendwann gebe ich auf. Renate würde mir sowieso nichts verraten.

Also schreibe ich Pipa eine SMS. Die Antwort folgt prompt. „Wir haben dich auch lieb, Mami. Mach dir keine Sorgen, uns geht's gut und Renate wuppt das schon."

Was auch immer das heißen mag.

Zu Hause in Franken

„Hans, hierher, wir müssen reden!" Renates Befehlston lässt keinen Zweifel daran, dass er gar nicht erst zu versuchen braucht, sich zu drücken. Die Kinder sind im Bett, zumindest Tizian. Pipa hört noch Musik und muss erst um neun ihr Licht löschen. Beide können also davon ausgehen, im Büro ungestört zu sein. Etwas unsicher sieht Hans die Freundin seiner Frau an. Er hat es so satt, als der Buhmann dazustehen und sich nicht erklären zu dürfen. Aber dieses Mal wird sie ihm zuhören, und wenn er dafür die Bürotür vernageln muss.

„Ist es möglich, mal meine Version schildern?" Er seufzt resigniert und wartet auf ihren Protest. Renate macht es sich gerade in dem roten Ledersessel in der Ecke neben dem Bücherregal bequem, während Hans halb auf seinem Schreibtisch sitzt, gerade so, als wäre er jederzeit zur Flucht bereit. „Nur zu, schildere, ich bin ganz Ohr. Aber wehe, du lässt irgendetwas aus oder versuchst, etwas zu beschönigen, ich merke das." Daran hat er keinen Zweifel. Erstaunt darüber, wirklich gehört zu werden, verschlägt es ihm die Sprache. Renate schlägt die langen schlanken Beine übereinander und betrachtet interessiert ihre Fingernägel. Sie wartet. Hans räuspert sich geräuschvoll.

„Ich weiß ehrlich gesagt gar nicht so genau, wo ich anfangen soll", krächzt er und zuckt unbeholfen mit den Schultern. Währenddessen flüchtet er in die Sicherheit seines großen Chefsessels hinter dem Schreibtisch. Nur für den Fall, dass Sybilles Freundin ihm nicht glaubt und handgreiflich wird.

Bei dem Gedanken umspielt ein kleines Lächeln seine Mundwinkel, denn so weit würde es niemals kommen. Renate ist ein verrückter Vogel, aber er kennt sie lange genug, um zu wissen, dass sie nicht zur Gewalt neigt. „Nachdem du von unserem Schweigen jetzt schon belustigt bist, schlage ich vor, du beginnst mit dem, was du für den Anfang hältst, und arbeitest dich dann vor." Oberlehrerhaft sieht sie ihn an und deutet sein Lächeln völlig falsch. Er bemüht sich wieder um einen neutralen Gesichtsausdruck, sammelt sich und beginnt.

„Vermutlich hat es schon damit begonnen, dass wir beide unzufrieden waren. Sybille, weil ich zu wenig Zeit für sie und die Kinder hatte, und ich, weil ich zu viel Arbeit für nur eine Person und deshalb zu wenig Zeit mit meiner Familie hatte. Das führte oft zu Meinungsverschiedenheiten. Nicht direkt Streit, aber wir debattierten viel darüber, was sich ändern müsste. Dann, vor drei Monaten, lernte ich wie aus heiterem Himmel bei einer Tagung Lydia kennen. Sie war mir sofort sympathisch." Scharf holt Renate Luft. Hans sieht sie tadelnd an und sie nickt zum Zeichen, er solle fortfahren. „Wir unterhielten uns in den Pausen zuerst über unsere Arbeit und so erfuhr ich, dass sie in ihrer Firma extrem unzufrieden war, aber Angst davor hatte, sich alleine selbstständig zu machen. Sie wiederum wusste bald von mir, dass mir die Arbeit über den Kopf wächst und ich gerne kürzertreten wollte.

Die Veranstaltung ging über zwei Tage und nach dem Beruflichen kamen am Abend dann auch die privaten Situationen zur Sprache. Lydia vertraute mir an, dass Konstantin, ihr Sohn, nun bald sechzehn sei und sie nicht mehr so brauche. Sie könne also ruhigen Gewissens mehr arbeiten. Da ihr Mann Thomas Arzt sei, sei er oftmals nicht zu Hause, und sie genoss zwar die Zeit alleine, doch immer öfter schlich sich bei ihr der Gedanke an die Selbstständigkeit ein. Thomas fände es klasse, denn dann gäbe es zumindest einen in der Familie, der seine Zeit frei einteilen könne. Da die beiden sehr gerne reisen, müssen sie sich sowieso immer bei der Urlaubsplanung nach ihm richten." Genervt sieht Sybilles Freundin ihn an. „Führt das heute noch zu etwas?" „Du hast gesagt, ich solle das berichten, was ich für den Anfang halte. Nun sei so nett und hör zu!"

„Dass die Männer aber auch immer meinen Rat befolgen", murmelt sie mit hochgezogenen Brauen und winkt gnädig mit einer Hand, um Hans zu bedeuten, sie sei wieder ganz Ohr. „Wir tauschten also unsere Visitenkarten aus und das war's. Ich schwöre, ich habe unser Gespräch auf der Tagung völlig vergessen, denn sobald ich zu Hause ankam, wartete ein Berg Arbeit auf mich. Drei Wochen später rief Lydia mich an und fragte, ob ich ihr helfen könne. Unser Gespräch habe sie nicht mehr zur Ruhe kommen lassen und in ihrer Firma würde das Klima immer schlechter. Sie sei nun endgültig bereit für die Selbstständigkeit. Da sie jedoch niemand anderen als mich persönlich kenne, der auf unserem Gebiet bereits selbstständig arbeite, wollte sie fragen, ob ich ihr ein paar Tipps geben könne. Nach kurzer

Überlegung stimmte ich zu. An diesem Nachmittag musste ich noch einen Abschlussbericht in einer Firma abgeben und danach traf ich mich dann in einem nahe gelegenen Kaffee mit ihr. Wir unterhielten uns bestimmt zwei Stunden und ich erklärte ihr, was es alles zu beachten gäbe, welche Risiken auf sie zukämen ... und, und. Zum Schluss meinte Lydia dann, ihre Angst, sich selbstständig zu machen, war mehr als begründet und sie würde sich wohler fühlen, das Ganze nicht alleine durchziehen zu müssen. Sie tat mir wirklich leid, da ich weiß, wie hart ich gearbeitet habe, um dahin zu kommen, wo ich jetzt aus eigener Kraft stehe, und Lydia ist eben auch keine zwanzig mehr. Um sie etwas aufzumuntern, machte ich deshalb einen Scherz und meinte, sie könne ja bei mir als Partnerin einsteigen, dann hätte ich weniger zu tun und sie ein geringeres Risiko. Ihre Augen leuchteten auf und sie dachte wirklich, ich meine es ernst. Es wäre unfair gewesen, diesen Satz gleich wieder zu revidieren, und als Lydia sofort anfing, sich ein Konzept zu überlegen, wie wir es anstellen könnten, fand ich die Idee mit einem Mal gar nicht mehr so schlecht." Hans schweigt und auch Renate hat erst einmal nichts zu sagen.

Die Stille dehnt sich im Raum aus wie Kaugummi ohne Geschmack. Hans weiß, dass er vielleicht ein bisschen zu weit ausholt, doch es ist ihm wichtig, dass Renate ihn versteht. Sie ist die engste Vertraute seiner Frau, und wenn überhaupt, dann hat er nur durch sie die Chance, zu Sybille durchzudringen. Deshalb fasst er sich ein Herz und berichtet weiter. „Wir trafen uns nach diesem ersten Kaffee noch des Öfteren, auch manchmal abends zum Essen. Dabei ging es aber immer um Geschäftliches, und obwohl mir der Gedanke mittlerweile recht gut gefiel, eine Geschäftspartnerin zu haben, war ich erst einmal darauf bedacht, Lydia die Grundlagen einer Selbstständigkeit ohne Partner zu vermitteln. Im Stillen war mir wohl schon klar, dass bei einer eventuellen Zusammenarbeit Probleme mit meiner Frau auftauchen könnten. Eines Tages sagte Lydia mir dann auch geradeheraus, dass sie das Gefühl habe, ich hätte Angst, mich geschäftlich an sie zu binden, und sich wundere, warum Sybille immer noch nichts davon wisse, dass wir uns treffen, um eine mögliche Partnerschaft zu besprechen. Ich solle ihr nun klipp und klar sagen, ob sie bei mir einsteigen könne und dürfe oder ob es besser wäre, es zu lassen. Sie müsse ja schließlich auch wissen, wie es nun weitergeht, um endlich Nägel mit Köpfen machen zu können. Vielleicht hat sie mich mit dieser Frage auch ein bisschen überrumpelt, aber spontan aus meinem Bauchgefühl heraus sagte ich ihr, dass wir in Zukunft Geschäftspartner seien. Mein schlechtes Gewissen Sybille gegenüber, dass ich Lydia noch mit keinem Wort erwähnt hatte, beruhigte ich damit, dass ich sie einfach überraschen wollte, indem ich ihr das fertige Konzept und in Zukunft mehr Zeit schenken würde. Doch wie du weißt, ging auch das nach hinten los. Lydia hatte die ganze Zeit recht, ich hätte von Beginn an alles erzählen sollen. So wurde die Misere nur noch schlimmer und endlich, als ich dachte, jetzt ist alles gut, sieht sie mich ausgerechnet mit Lydia aus dem Hotel kommen und zieht die falschen Schlüsse." Unglücklich sackt er in sich zusammen und sieht aus wie ein Häufchen Elend. Renate ist nach allem, was sie gerade gehört hat, schon fast geneigt, Mitleid mit ihm zu haben, aber eben nur fast. „Egal was du mir gerade erzählt hast, und selbst wenn gar nichts passiert ist: Dein Verhalten Sybille gegenüber ist unentschuldbar. So behandelt man seine Frau nicht und du brauchst dich jetzt auch gar nicht als den armen Tropf hinzustellen, dem keiner glaubt. Das hast du dir nämlich nach dem Desaster selbst zuzuschreiben.“

„Ich weiß.“ Kläglich sieht er sie über den Rand seines Schreibtisches an. Man merkt, wie nahe ihm das Ganze geht, doch Renate hakt nach. „Du kennst Sybille. Sie ist ein Familienmensch und Mutter durch und durch. Wenn sie nicht wirklich geglaubt hätte, dass du eine Affäre mit Lydia hast, wäre sie niemals einfach so gegangen.“ Falls überhaupt möglich, wird Hans nun noch kleiner auf seinem Stuhl. Was für einen Mann von einem Meter siebzig mit etwas untersetzter Statur schon eine Leistung ist. „Na ja, wie schon gesagt, die Szene war vielleicht, nach dem, was vorgefallen ist, tatsächlich falsch zu verstehen. Es war Lydias erster Auftrag als selbstständige Unternehmensberaterin und ein wirklich dicker Fisch. Der Chef dieser Firma, wohlgemerkt aus Fernost, residierte in dem Hotel und bat sie deshalb dorthin zum Mittagessen. Lydia hatte Muffensausen und bat mich, als moralische Unterstützung mitzugehen. Sie hätte sich keine Sorgen machen müssen. Es lief alles sehr gut. Sie weiß, welche Fragen man stellen muss, um der Firma den Bedarf einer Beratung mehr als schmackhaft zu machen. So hatte sie diesen durchaus lukrativen Auftrag in null Komma nichts in der Tasche. Wir haben auf das Geschäft angestoßen und schnell wurden daraus zwei Flaschen Champagner. Ich war extrem begeistert, so eine Geschäftspartnerin zu haben. Diesen Überschwang der Gefühle haben wir wohl etwas zu offensichtlich dargestellt, als Sybille uns beim Verlassen des Hotels gesehen hat. Ich habe Lydia danach lediglich zu Hause abgesetzt, sie wollte mit ihrem Mann feiern und ich fuhr noch zu einem Kundentermin. Das ist die ganze Geschichte.‟

Nachdenklich wiegt Renate den Kopf hin und her. „Hm, soso‟, macht sie und verunsichert ihn damit gewaltig. „Überschwang der Gefühle, sagst du?‟ Hans nickt eifrig. „Wie sieht denn ein nichts zu bedeutender Gefühlsausbruch aus?‟

Renate merkt, jetzt hat sie ihn erwischt, unruhig rutscht Hans auf dem Sessel herum. „Na ja, ich gebe zu, es war schon sehr missverständlich. Wir schäkerten, als wir aus der Lobby kamen, und ich habe meinen Arm um ihre Taille gelegt, weil Lydia vom vielen Champagner etwas angetrunken war. Draußen waren wir dann so berauscht vom ersten Erfolg und dann auch noch in dieser Dimension, dass ich sie an der Taille packte und durch die Luft schwang, und zu allem Übel hab ich ihr dann auch noch einen Kuss auf die Wange gedrückt. Gut gelaunt bestiegen wir danach ein Taxi‟, zitternd stößt er die Luft aus, als hätte er sie bis eben angehalten, und linst zu Renates Sessel. Dort thront diese wie die Rachegöttin persönlich und mustert ihn vernichtend.

Sybille auf Reisen

Ich bin früh schlafen gegangen und habe das einzig halbwegs gute Heilmittel gegen Liebeskummer und Verwirrung angewandt: die Bettdecke über meinen Kopf ziehen und die Welt aussperren. So erwache ich auch heute morgen durch ein lautstarkes Klopfen an der Tür und wühle mich aus meinem Deckenschutz. Immer noch nicht ganz wach, taumle ich zur Tür und öffne sie. „Buongiorno, signora, ic bringe Ihnen un caffè." Strahlend reicht Giovanni mir einen dampfenden Becher und ich möchte am liebsten im Erdboden versinken. „Mmpf, grazie", besinne ich mich krächzend gerade noch auf meine guten Manieren, bevor ich dem Strahlemann die Tür vor der Nase schließe. Ein kurzer Blick in den Spiegel übertrifft all meine Befürchtungen. Die blonden langen Haare stehen wirr und zottelig von meinem Kopf ab. Das übergroße Schlafshirt hat eindeutig schon bessere Tage gesehen, ist sehr weit und für Blicke von fremden Männern eindeutig zu kurz. Mein Gesicht ist zerknittert, die Augen sind leicht geschwollen vom Weinen und überhaupt sehe ich einfach nur grässlich aus. Das Einzige, was mich tröstet, ist, dass ich mir von nun ab keine Sorgen mehr machen muss, dass Giovanni mich auch nur ansatzweise attraktiv findet. Somit werden die Bemühungen der anderen, falls es überhaupt welche gegeben hat, ins Leere laufen. Frisch geduscht, angezogen und gestärkt durch den Kaffee bin ich zuversichtlich, heute endlich eine Entscheidung treffen zu können, was das weitere Vorgehen betrifft. Meine beste Freundin wuppt anscheinend alles zu Hause und somit sollte ich versuchen, meine Gedanken zu ordnen, um mir darüber klar zu werden, wie ich nun eigentlich zu Hans stehe und ob ich unserer Ehe noch eine Chance geben will. Gedankenversunken trete ich auf die Terrasse und wie auf Kommando richten sich acht Augenpaare auf mich. Langsam komme ich mir schon etwas komisch vor, auch wenn Renate das als paranoid abtut. Schulterzuckend wünsche ich Guten Morgen und nehme meinen Platz in der Runde ein. Vielleicht bin ich einfach nur nicht mehr gewohnt, dass mir so viel Aufmerksamkeit geschenkt wird. Normalerweise steht immer Hans oder eines der Kinder im Vordergrund und dann kommt lange erst einmal nichts. Als Mutter und Ehefrau nimmt man sich eben immer zurück.

Fast gleichzeitig erkundigen sich Trudi, Doro und Hermann nach meinem Befinden. Nur Giovanni sieht fest auf seinen Teller, obwohl darauf nichts zu essen ist. Ich nehme mir vor, mich später bei ihm für meine schroffe Art an der Tür zu entschuldigen. Als würde sie meine Gedanken lesen, erklärt Doro mir gerade: „Sie müssen wissen, Sybille, wenn mein Sohn im Haus ist, lässt er es sich nicht nehmen, jeden Gast am Morgen mit einem Kaffee zu verwöhnen. Er ist eben der Sohn einer deutschen Mutter und weiß, dass wir nichts mehr lieben als dieses heiße schwarze Gebräu direkt nach dem Aufwachen. So hat er es schon als kleines Kind gemacht und nun, wenn er zu Besuch ist, tut er es immer noch." Dabei streicht sie ihm lächelnd, ganz wie bei einem Kleinkind, durch die dichten, dunklen Locken und schafft es, dass ich mich noch mehr schäme für mein Verhalten. „Das ist wirklich sehr nett", murmle ich leise, doch ich kann nicht erkennen, ob Doro es gehört hat. Sie fragt, was wir denn heute vorhaben, um planen zu können, falls wir zu Mittag oder zu Abend bei ihr essen wollten. Selbstverständlich können wir uns auch selbst etwas im Appartement zubereiten. Trudi und Hermann möchten wie geplant nach Siena, doch zu beider Enttäuschung klinke ich mich aus.

„Seid mir nicht böse, aber ich denke, ich benötige ein bisschen Zeit für mich."

Verständnisvoll sieht Trudi mich an. „Sybille, denk bitte daran, zu viel Grübeln ist auch nicht gut." Wie recht sie hat. „Schafft ihr zwei es denn ohne mich?" Denn mein schlechtes Gewissen meldet sich, weil die beiden mich ja eigentlich als Dolmetscherin mitnehmen. „Mach dir mal keine Sorgen, ganz hilflos sind wir auch nicht. Das schaffen wir schon", markiert Hermann den starken Mann und ich muss lachen. Kurz darauf fahren die beiden dann auch schon mit meinem Auto den Berg hinunter und ich überlege, was genau ich nun mit mir anfange. Zuerst hole ich mir den Block, welchen ich seit unserem ersten Abend in Florenz bei mir führe. Es ist wohl an der Zeit, mithilfe einer Liste ein wenig Klarheit zu bekommen. Vielleicht reicht schon das Aufschreiben von Für und Wider, damit ich erkenne, was genau ich nun eigentlich möchte. Bei dieser Überlegung fällt mir auf, dass ich erstaunlicherweise nicht ein einziges Mal darüber nachgedacht habe, ob Hans unsere Ehe überhaupt noch möchte. Für mich war das immer sonnenklar.

Ist das eventuell ein Zeichen dafür, dass ich ihm schon in gewisser Weise verziehen habe? Oder kann ich mir nur nicht vorstellen, dass er die Scheidung will? Und wie würde ich jetzt darauf reagieren? Bis vor Kurzem erschien es mir auch unmöglich, dass mein Mann mich betrügt und unser Leben dadurch gehörig aus den Fugen gerät. Wie schnell sich manche Dinge ändern, habe ich inzwischen gelernt. Schon tief in Gedanken versunken, wandere ich den gewundenen Kiespfad im Garten hinunter zu einer schattigen Stelle unter einer Pinie. Dort lädt eine Bank zum Verweilen ein und ist wie geschaffen für meine Grübeleien.

Wenn die Bank ihre Geschichte erzählen könnte, so hat sie im Laufe der Jahre bestimmt ebenso viel Glück wie Herzschmerz erlebt. Eine kurze Weile sitze ich nur da, sehe in die grüne Ferne und male mir aus, wer wohl schon alles hier saß und was diese Personen erlebt haben mochten. Ein leichtes Lächeln spielt um meine Lippen und mein Herz setzt für einen kurzen Schlag aus, als eine Hand sich von hinten auf meine rechte Schulter legt. Ich tauche auf aus meinen Fantasien und sehe das Gesicht von Giovanni vor mir. „Ic wollte Sie nict erschrecken, signora", betrübt blickt er mich an. Verdammt, ich war schon heute Morgen so muffelig, er muss langsam echt denken, ich bin eine neurotische alte Kuh.

„Mi dispiace. Wegen dem Kaffee heute Morgen, das war wirklich unhöflich. Danke noch einmal für diese nette Geste." Ich empfinde mein Stottern selbst als fürchterlich, aber wie soll ich ihm auch erklären, wie ich mich fühle und was in mir vorgeht? „Das mac e nischt, signora. Sei molto carina questa mattina." Darauf war ich nicht vorbereitet und werde puterrot. Kann mir jemand mal schnell ein Loch graben, in dem ich kurz verschwinden kann? Ich stammle hier rum und versuche, mich für mein unmögliches Verhalten zu entschuldigen und bekomme dafür ein Kompliment? Ist das der typische italienische Charme? Wenn ja, dann hoffe ich, Giovanni ist nicht mehr lange zu Besuch. Ich weiß gar nicht, wann Hans mir das letzte Mal erklärt hat, ich sähe hübsch aus am Morgen. Gerade in meiner Lage sind Frauen für solche Schmeicheleien anfällig, und schon merke ich, wie sich ein dümmliches Grinsen auf meine Lippen schleicht. Giovanni sieht es natürlich sofort und strahlt über das ganze Gesicht.

Oh je, er sieht schnuckelig aus, wie er da so hinter mir steht, die Sonne lässt seine schwarzen Locken glänzen, die braunen Augen und die weißen Zähne blitzen um die Wette und überhaupt sieht er heute echt gut aus, wie ich nach einer kurzen Musterung von Kopf bis Fuß feststelle, die ihm aber auch nicht verborgen bleibt. Er kommt um die Bank herum. „Darf ic?", fragt er und sitzt auch schon neben mir, bevor ich richtig nicken kann. So war das eigentlich nicht geplant. Leichte Panik steigt in mir auf und Fluchtgedanken regen sich. Doch damit mache ich mich dann wohl endgültig zum Affen. Jetzt halt aber mal den Ball flach, Sybille, er ist einfach nur nett!, schelte ich mich im Stillen selbst und rücke gleichzeitig unauffällig ein Stückchen, um etwas Abstand zu gewinnen.

Langsam wird es zur Gewohnheit, dass ich abends Renate volljammere, und sie lacht und findet es herzerfrischend, wie ich mich anstelle. Mein Ego ist sehr gekränkt. Ich kann gar nicht genau sagen, wie sie es angestellt hat, aber durch ein paar gezielte Fragen habe ich ihr verraten, wo genau wir uns befinden und wie schön es hier ist. Allerdings wollen Trudi und Hermann spätestens übermorgen weiterreisen.

Zu Hause in Franken

„Spinnst du, ich kann doch hier nicht einfach alles stehen und liegen lassen!", wettert Hans und springt von seinem Stuhl auf wie von der Tarantel gestochen. „Willst du nun deine Ehe retten oder nicht? Gerade hast du mir noch versucht, begreiflich zu machen, wie leid es dir tut und dass alles aus einem blöden Missverständnis heraus entstanden ist. Oder etwa doch nicht?" „Genau so war es auch gemeint, aber die Kinder ..." „Um die kümmere ich mich, und Helga ist auch noch da." „Du willst dich um die Kinder kümmern? Dann fahre ich ganz bestimmt nicht nach Italien, hier versinkt doch sofort alles im Chaos!" Renate ist tief gekränkt, obwohl sie sich die größten Sorgen macht, alles auf die Reihe zu bekommen. Aber das muss Hans ja nicht wissen. „Glaubst du wirklich, es ist mit einem Telefonat getan, in dem du Sybille alles erklärst? Ich bin eine Frau und so, wie ich das sehe, muss da schon eine ganze Menge mehr kommen als ein läppisches Telefonat." „Ich könnte es doch zumindest versuchen, oder nicht?" Schallend lacht Sybilles beste Freundin. Der Kerl ist wirklich mehr als bequem und er ist zu allem Übel auch noch begriffsstutzig. Kein Wunder, dass er sich in so eine Lage hineinmanövriert hat. Sybille hat sich damals in Hans verliebt, weil er immer das Gute in den Menschen sieht, jedem hilft und die Menschen in seiner Familie niemals aufgibt. Doch im Laufe der Jahre musste sie auch die Schattenseite daran erkennen. Ihr Mann wurde oft ausgenutzt und hat es zu spät oder gar nicht bemerkt. Immer wieder geriet er in Situationen, die zu Missverständnissen führten, welche er als nicht so dramatisch ansah, die aber oft Folgen hatten. Manchmal sogar für die komplette Familie. Bisher haben sie es immer gemeinsam geschafft, alles zu überwinden.

Aber dieses Mal ist es anders. Denn auch, wenn tatsächlich nie etwas passierte zwischen Lydia und Hans, hat er Sybilles Vertrauen in ihre Liebe von Grund auf erschüttert. Renate versucht, genau das Hans zu erklären, aber der winkt nur ungeduldig ab. „Ich liebe Sybille und es gab und gibt nie eine andere für mich. Das weiß sie doch!" „Manchmal will eine Frau so etwas nicht einfach nur hören, sondern auch gezeigt bekommen", gibt sie zu bedenken. „Aber habe ich nicht immer alles für meine Frau und die Kinder getan? Keiner kann behaupten, dass es uns nicht gut ging." „Schon wahr, aber mal ganz ehrlich, wann hast du Sybille das letzte Mal in den Himmel gehoben, nicht nur mit Worten, und ihr dadurch gezeigt, wie sehr du sie liebst und dass sie bei dir die absolute Nummer eins ist, vor allem anderen? Eine Frau braucht ab und an solche Gesten, um sich nicht wie dein selbstverständliches Anhängsel zu fühlen." Unbehaglich fingert Hans an seinem Hemdkragen herum. Jetzt hat die Freundin ihn da, wo sie ihn haben wollte. Er erkennt so langsam, dass nur ein netter Mann zu sein manchmal nicht reicht. „Nicht dass du glaubst, ich wäre blöd, natürlich weiß ich, was du damit bezweckst. In letzter Zeit war halt alles so stressig, mir ist einfach die Arbeit über den Kopf gewachsen. Sybille beschwerte sich ständig über zu wenig Zeit mit mir, was mich wiederum noch mehr unter

Druck setzte. Gerade deshalb war ich ja so froh, die Entscheidung mit Lydia als Geschäftspartnerin getroffen zu haben. Endlich kann ich mir meine Zeit anders einteilen, und jetzt ..." – „... ist das Dilemma groß.", beendet Renate den Satz.

Eine Pause entsteht. Seufzend lässt er sich wieder auf den Sessel sinken und stützt den Kopf in beide Hände. Ein Bild des Jammers. Aber nicht ganz unverdient, wie Renate findet.

„Wie stellst du dir das überhaupt vor? Ich kann doch da nicht einfach auftauchen, was, wenn Sybille mich gar nicht sehen will?", kommt ein verzweifeltes Murmeln zwischen den Armen hervor. „Schau mal, Hans, so kann es doch auch nicht weitergehen. Euch geht es beiden nicht gut und ihr müsst das klären, egal, was letztendlich dabei rauskommt. Ich sage ja nicht, dass Sybille dir in die Arme fliegen und sofort verzeihen wird, aber ich denke, eine Chance, dich zu erklären, wird sie dir auf jeden Fall geben. Danach ist es an dir, das Beste daraus zu machen. Zeig ihr, wie wichtig sie dir ist. Was ist da besser geeignet, als fern von zu Hause und dem ganzen Alltagstrott zu sein? Hier wärt ihr sofort wieder in euren gewohnten Bahnen gefangen, schon durch die Kinder."

Sein Kopf sinkt noch ein bisschen tiefer und die Schultern zucken. Weint er etwa? Oh Mann, das sind Situationen, die eine Single-Frau nicht braucht! Mit einem Mal be-

reut Renate, hier eingezogen zu sein und Hans den Vorschlag gemacht zu haben, nach Italien zu fahren. Was soll
denn nun aus ihr und den Kindern werden? Das kann doch
nur in einer Katastrophe enden. Andererseits ist Sybille seit
Kindertagen ihre absolut beste Freundin, und bringt man
für diese nicht Opfer? Allerdings hätte es ein Kleineres
auch getan, denn diese Situation hier erscheint geradezu
unlösbar.

Sybille auf Reisen

Wir halten Kriegsrat. Trudi und Hermann möchten morgen weiterreisen. Ich nicht. Beide sind sehr traurig, haben mir aber ja bereits zu Beginn unseres Abenteuers versprochen, mich nicht zu drängen. Trotzdem komme ich mir vor wie ein Verräter. Ich verspreche, mich um ein Leihauto für die beiden zu kümmern, denn von Florenz aus sind wir der Einfachheit halber mit meinem weitergefahren. Auch Doro, welche unsere Debatte von der Küche aus beobachtet, scheint traurig zu sein, dass die beiden so bald wieder abreisen. Im Stillen hege ich immer noch die Hoffnung, sie überlegen es sich noch einmal, obwohl das natürlich unfair ist, wo die zwei sich so auf eine Rundreise gefreut haben.

Giovanni fährt gerade mit dem Roller um die Ecke und packt die täglichen Besorgungen für seine Mutter in die Küche.

Als er wieder herauskommt, unterbreitet er sehr zu meinem Erstaunen einen Vorschlag. „Wenn signora Sybille nict fare un viaggio, dann ic könnte kommen mit zu helfen." Trudi ist sofort Feuer und Flamme. „Ah, Giovanni, das wäre wunderbar. Sie kennen Land und Leute, wir würden Ihre Begleitung sehr schätzen!" Ihr Mann nickt verhalten. Ich freue mich sehr für die beiden und frage mich, warum es mir so einen Stich versetzt, dass Giovanni mit ihnen fährt. Schließlich habe ich die ganze Zeit über Renate die

Ohren vollgejammert, dass dieser Jungspund mich anflirtet, und nun sollte ich eigentlich froh sein. Gedanklich gebe ich mir einen Tritt in den Hintern und weise mich zurecht. Immerhin bin ich eine verheiratete Ehefrau, zumindest noch.

Am Nachmittag stehen dann vier Personen in einem kleinen Büro und versuchen den Chef zu überzeugen, uns einen Wagen zu vermieten. Zum Glück haben wir Giovanni dabei. Er zieht wirklich alle Register, von Charme bis Drohen. Leider ohne jeglichen Erfolg. Ein Wagen ist frühestens in vier Tagen zu erwarten, und auch etliche Telefonate später mit den umliegenden Mietfirmen ändern an diesem Umstand nichts. Was jetzt? Ziemlich wortkarg ziehen wir wieder ab und wandern den Weg zur Pension hinauf.

„Ich gebe euch mein Auto. Schließlich habt ihr euren Wagen nur wegen mir in Florenz zurückgegeben." Hermann sieht mich an, als ob ich gerade den Verstand verloren hätte. „Kindchen, auf uns wartet doch in Deutschland keiner, ob wir nun ein paar Tage früher oder später weiterreisen, macht da doch keinen Unterschied." „Außerdem ist es echt nett hier und es gibt noch so einiges, was wir uns jetzt in Ruhe ansehen können", fügt Trudi hinzu. Die beiden sind wirklich goldig. Giovanni scheint mit der ganzen Situation jedoch am glücklichsten. Ich habe gerade den Eindruck, er hatte noch nie bessere Laune. Seit wir uns auf den Rückweg gemacht haben, pfeift oder summt er in einer

Tour vor sich hin. Wenn ich nicht auch ein bisschen Italienisch verstehen würde und genau wüsste, dass wirklich kein Mietwagen zu erwarten ist, hätte ich ihm glatt Absicht unterstellt.

Zu Hause in Franken

Hans bereitet sich auf seine Abreise vor. Der Flug nach Siena wurde schon gebucht, jedoch erst für übermorgen. Renate hofft, ihre Freundin so lange an Ort und Stelle zu halten. Sie dagegen ist froh, noch ein bisschen Schonfrist zu bekommen. Auch wenn Hans in keinster Weise eine große Hilfe darstellt, so beruhigt es doch zu wissen, dass noch jemand da ist. Um sich etwas Gutes zu tun und weil die Kinder sowieso erst am Nachmittag wieder zu Hause sind, will Renate zur Kosmetikerin gehen. Es gibt da ein ganz neues Verfahren, mit dem man sich künstliche Wimpern einsetzen lassen kann. Der neueste Schrei. Auch wenn sie nicht weiß, wie es mit Eddie und ihr weitergehen soll, schön sein kann nicht schaden. Danach hat die Freundin eine Verabredung mit Lydia. Diese war höchst überrascht über ihren Anruf und die Bitte um ein Treffen, hat aber sofort zugestimmt. Bevor Hans nach Italien reist, möchte Renate auch noch ihre Version hören. Nicht dass sie dem Mann ihrer besten Freundin misstraut, aber da ihr das Wohl von Sybille und den Kindern am Herzen liegt, kann es nicht schaden, auch mal mit der angeblichen Geliebten zu plaudern.

Renate ist am Ende mit den Nerven. Das Wimperneinsetzen sollte zwei Stunden in Anspruch nehmen, nun sind schon drei vergangen und es ist noch kein Ende absehbar. „Ich habe heute auch noch etwas anderes vor", unterrichtet sie die Kosmetikerin. „Wir können gerne aufhören und ein anderes Mal weitermachen." „Bist du verrückt, ich laufe doch nicht mit einem gemachten Auge rum. Wie sieht das denn aus?" „Aber ich habe doch schon mit dem anderen angefangen, so sehr wird es nicht auffallen." Renate flippt gleich aus.

Das Klebepad, welches ihren unteren Wimpernkranz schützen soll, rutscht immer wieder ins Augenlid und reizt das Auge. Ihr Hintern tut weh vom Sitzen und Zeit hat sie auch keine mehr, weil sie in einer halben Stunde Lydia treffen soll. „Jetzt pass mal auf, wenn du das nicht innerhalb der nächsten halben Stunde hinbekommst, dann hast du mich und den Rest der zahlungskräftigen Kundschaft, die ich schon zu dir geschickt habe, das letzte Mal gesehen." Den Tränen nahe setzt die Kosmetikerin ihre Arbeit fort und schafft es, bis auf fünf Wimpern tatsächlich fertig zu werden. Renate, immer noch auf hundertachtzig, nimmt ihr das Versprechen ab, dass so etwas nicht noch einmal vorkommt, und verlässt grußlos den Salon.

Gehetzt steigt sie aus dem Auto und sieht Lydia schon sitzen.

„Schön, dass Sie es einrichten konnten", lässt Renate sich erschöpft auf den Stuhl fallen und reicht ihr die Hand. „Sie sind also die Ursache allen Übels", fällt sie dann gleich mit der Tür ins Haus. Heute ist ihr nicht mehr nach Small Talk. Lydia schnappt kurz nach Luft, fängt sich aber sofort wieder und lächelt. „Ja, so kann man es wohl auch ausdrücken. Eine echt heikle Situation, nicht wahr? Sie sind also Sybilles beste Freundin Renate, richtig?" Diese nickt und blinzelt ständig. Irgendwie muss sie sich an die Fremdkörper an ihren Augen noch gewöhnen. Nachdem beide einen Kaffee vor sich stehen haben und bedächtig darin rühren, weiß Renate gar nicht so recht, wie sie anfangen soll. Lydia nimmt es ihr aus der Hand.

„An Sybilles Stelle hätte ich genauso gehandelt. In Anbetracht der Geschehnisse würde ich mich verraten und verkauft fühlen, auch wenn wirklich nichts passiert ist. Thomas hat die ganze Misere natürlich auch mitbekommen und mir sogar nahegelegt, wieder bei Hans auszusteigen. Stellen Sie sich das mal vor! Nur weil er es nicht auf die Reihe bekommen hat, seiner Frau zu sagen, dass er eine Geschäftspartnerin möchte." „Ja, irgendwie ist das alles ganz schön krank, was?" Beide brechen in Gelächter aus. Renate erfährt wie erhofft von Lydias Sicht der Dinge und wie viel Angst ihr die Selbstständigkeit gemacht hat. Das Gespräch verläuft angenehm und sie bemerkt, wie nett und offen diese Frau zu sein scheint. Leider wird ihr Blickfeld immer verschwommener, irgendetwas stimmt nicht. „Ich wünsche mir sehr, dass die beiden das wieder hinbekommen. Vielleicht sollte ich mich doch zurückziehen und mir einen anderen Partner suchen. Meine Kündigungsfrist läuft noch und selbst wenn ich auf der Straße stehen sollte, fangen wir das für eine Weile auf." „Nein, machen Sie sich da mal keine Sorgen. Hans wird zu Sybille nach Italien fliegen und hoffentlich das Ganze ein für allemal klären. Ich bin sicher, es kommt alles wieder in Ordnung. Seien Sie mir nicht böse, wenn ich etwas ruppig war, aber Sie wissen ja, wie beste Freundinnen sein können." Lydia nickt, auch wenn sie etwas traurig wirkt. Renate verabschiedet sich und eilt zu ihrem Auto.

Ihr Blickfeld wird immer verschwommener.

Zu Hause angekommen, legt sie sich auf das Sofa und ruht ihre Augen aus in der Hoffnung, der Schmerz, den sie nun auch noch verspürt, vergeht wieder. Pipa kommt nach Hause. „Hey, Tante Renate! Geht's dir nicht gut?", fragt diese sofort, als sie ihre Tante liegend vorfindet. „Doch, doch, alles okay." „Wow, hast du 'ne Allergie oder so was? Du bist total geschwollen im Gesicht." „Was???" Ihre Tante schnellt vom Sofa und stolpert zum Flurspiegel. Eine völlig verquollene Renate blickt ihr entgegen. Sie sieht aus, als hätte jemand sie geschlagen, und ihr Gesicht und die Augen schmerzen höllisch. „Ruf sofort deinen Vater an, er muss mich ins Krankenhaus fahren. Jetzt!", herrscht sie Pipa an, die bereits das Telefon in Händen hält.

Ungläubig starrt Hans die Freundin seiner Frau an.

„Um Himmels willen, was ist denn mit dir passiert?", fragt er, während er sie schon zum Auto bugsiert. „Ich habe mich mit Lydia getroffen ..." „Moment mal, du hast dich doch nicht etwa mit ihr geprügelt?" „Nein! Was denkst du denn von mir?"

„Na ja, ich weiß es nicht. Wieso hast du dich mit ihr getroffen und was genau ist passiert? Hattest du einen Unfall auf dem Heimweg?" „Wenn du mich mal kurz zu Wort kommen lassen würdest, könnte ich es dir erzählen", gibt

Renate spitz zurück. Tränen laufen ihr über die Wangen. Hans versteht die Welt nicht mehr, lässt Renate aber berichten. „... und dann habe ich plötzlich nur noch Schmerzen gehabt und nichts mehr gesehen. Entweder es kommt vom Kleber oder diesen blöden Abdeckpads. Was für ein Mist, jetzt gehen mir wahrscheinlich alle Wimpern wieder aus, weil ich weinen muss, und die ganze Zeit und das Geld waren umsonst."

„Durch den Kleber auf den Augenpads haben ihre Augen sich entzunden, ähnlich einer Bindehautentzündung."

Erfährt Renate vom behandelnden Arzt.

Sie erhält Augentropfen gegen die Schwellung und den guten Rat sich in Zukunft von künstlichen Wimpern fernzuhalten. „Du bist wirklich die verrückteste Frau, die ich kenne, Renate, wie kann ich mich nur darauf einlassen, dir meine Kinder anzuvertrauen?", stellt Hans lachend fest.

Inzwischen sind sie wieder raus aus der Klinik und auf dem Heimweg. Ein paar Döner sind auch schon besorgt, damit niemand hungern muss. „Ganz einfach, es gibt keine Bessere als mich!" „Doch, Sybille, ohne dir zu nahezutreten", murmelt er leise. Im Stillen gibt sie ihm recht.

Sybille auf Reisen

„Schade, dass ich dich nicht mit verquollenen Augen gesehen habe. Aber mach doch mal ein Foto mit dem Handy und schick mir das Ergebnis." Ich schütte mich fast aus vor Lachen, als Renate mit ihrem Bericht endet. So etwas kann auch nur *meiner Freundin* passieren.

„Wie ist es dir denn so ergangen? Hast du schon einen Plan, wann du wiederkommst?", fragt diese, um von sich abzulenken.

„Gut geht es mir. Ich fühle mich hier wohl und freue mich, dass Trudi und Hermann noch zwei Tage bei mir bleiben. Allerdings trage ich mich mit dem Gedanken, auch abzureisen, wenn die beiden weiterfahren."

„Bleib doch noch etwas, hier läuft es prima." „Na, das habe ich gerade gehört. Nein ehrlich, Renate. Mir fehlen die Kinder, ich möchte wieder in meinem eigenen Bett schlafen und so schön es hier auch sein mag, du hast ganz recht, ich habe einiges zu klären. Einmal davon ganz abgesehen, habe ich irgendwann keine Kunden mehr, wenn der Laden ewig geschlossen bleibt."

„Um dein Geschäft kann sich Pipa nachmittags kümmern und am Vormittag bleibt eben geschlossen. Für eine Weile akzeptieren die Kunden das schon. Außerdem hast du mir gestern noch erzählt, du weißt nicht, ob du Hans überhaupt verzeihen kannst und was du willst. Bist du denn heute gescheiter?" „Pipa muss lernen und Hausaufgaben machen, sie steckt mitten in den Schulaufgaben. Ich habe mir eine Pro-und-Kontra-Liste gemacht. Ehrlich gesagt war das nicht sehr ergiebig." Ich bin empört, dass Renate überhaupt auf die Idee kommt, meine Tochter für den Laden einzuspannen.

Ich sollte wirklich wieder nach Hause. „Lies mal vor", fordert meine Freundin. „Also, bei Pro steht: vierzehn Jahre Ehe, zwei tolle Kinder, schönes Zuhause, wir streiten selten, haben immer noch viele Gemeinsamkeiten und .... ich liebe ihn." Der letzte Satz bleibt mir fast im Hals stecken, weil er durch den Kloß in meiner Kehle muss.

„Das klingt doch gut, und was steht bei Kontra?"

„Er hat mein Vertrauen missbraucht, mich belogen und betrogen. Und ich finde, das wiegt schwerer als alle Pro-Punkte." „Es ist schwer, so etwas zu verzeihen, und ich bin beileibe keine Beziehungsexpertin, aber ihr wart immer mein absolutes Vorbild. Oft dachte ich mir, wenn ich mal Mr Right finde, dann möchte ich, dass es so wird wie bei dir und Hans." „Tja, danke für das Kompliment, aber ich glaube, du verzichtest lieber, es reicht, wenn eine von uns so verletzt wird", antworte ich desillusioniert.

„Na, jetzt mach mal halblang, du hast doch noch gar nicht mit deinem Mann gesprochen, vielleicht ist alles anders, als wir annehmen", gibt Renate zu bedenken.

„Was ist denn bitte schön mit dir passiert? Du hast mir doch geraten, wegzubleiben und erst einmal Klarheit zu bekommen. Jetzt, wo ich dir sage, dass ich ihm nicht verzeihen kann, sprichst du plötzlich für Hans? Habe ich was nicht mitgekriegt?" Empörung macht sich in mir breit. Hat Hans sie mit seinem Charme eingewickelt? Fällt mir nun auch meine beste Freundin in den Rücken?

„Jetzt reg dich nicht gleich so auf, Süße. Egal was du tust, ich bin immer auf deiner Seite. Ich gebe ja lediglich zu bedenken, du sollst nichts überstürzen. Spann noch ein bisschen aus und lass deinen Entschluss ein paar weitere Tage sacken. Wenn du dann immer noch dieser Meinung bist, komm nach Hause und regle alles, okay?" Ich stimme missmutig zu, kann mich aber des Eindrucks nicht erwehren, meiner Freundin ist es ganz recht, mich noch in Italien zu wissen. Vielleicht versucht sie auch nur, mich zu schützen. Ich will gar nicht wissen, was zu Hause los ist. Wahrscheinlich schmieden Lydia und Hans schon Zukunftspläne. Bei dem Gedanken daran wird mir ganz schlecht.

Sybille auf Reisen

Eigentlich wollte ich Renate noch erzählen, dass Giovanni mich zu einem Picknick am Abend eingeladen hat. Nach unserem Telefonat habe ich ganz spontan zugesagt. Offensichtlich hat diese ganze Wimpernaktion meiner Freundin sehr zugesetzt, denn ich bin enttäuscht von ihrer Reaktion. Ich spüre, dass sie mir etwas verheimlicht, und kann mir denken, dass es etwas mit meinem Mann zu tun hat. Aber auch wenn sie es aus Rücksicht tut, fühle ich mich alleingelassen.

Wenn mich zu Hause im Moment niemand haben will, dann beherzige ich jetzt den Rat meiner Freundin und freue mich über Giovannis Interesse. Wir sind für acht Uhr verabredet und ich stehe ratlos vor dem Kleiderschrank. Es herrscht gähnende Leere. Da ich ja nicht vorhatte, lange wegzubleiben, ist auch nicht viel da. Zwei Jeans, zwei Pullover, vier T-Shirts und ein Schlafanzug. Nichts wirklich Brauchbares für so etwas wie ein Date. Ein Blick auf die Uhr sagt mir, dass ich noch drei Stunden Zeit habe. Kurzerhand schnappe ich mir die Autoschlüssel und erfrage bei Doro, wo ich Kleidung bekomme. Sie beschreibt mir den Weg nach Greve und meint, dort finde ich bestimmt etwas Passendes.

Knappe zwei Stunden später und total verschwitzt stehe ich in der Pension unter der Dusche und freue mich über drei neue Kleider, einige Shorts und T-Shirts und Schuhe. Ein smaragdgrünes Kleid hat es mir besonders angetan. Es ist knielang und in A-Form geschnitten, was meine schmale Taille gut zur Geltung bringt. Die Verkäuferin meinte, zu meinem Teint und den blonden Haaren sähe die Farbe fantastisch aus. Wenn ich mich jetzt so im Spiegel betrachte, muss ich ihr recht geben. Ich sehe hübsch aus.

Die Haare sind locker hochgesteckt. Ich habe nur einen Hauch von Make-up und Wimperntusche aufgetragen, sonst nichts. Zufrieden mit mir sehe ich auf die Uhr und stelle fest, dass ich noch eine Viertelstunde Zeit habe. Rastlos setze ich mich auf das Bett und blättere eine Broschüre über die Umgebung durch. Hermann und Trudi sind mit Doro zu einer Weinprobe in ein Weingut gefahren, wobei Hermann Feuer und Flamme war und Trudi lediglich wohlwollend mitgegangen ist. Die zwei sind so ein nettes Paar. Noch ehe ich es verhindern kann, denke ich wehmütig an Hans und mich. Wir hatten wirklich tolle Zeiten miteinander. Nie hegte ich einen Zweifel daran, dass wir zusammen auch alt werden würden. Erschrocken fahre ich hoch, als es an der Zimmertür klopft. Überpünktlich um kurz vor acht steht Giovanni vor meiner Tür. Als ich öffne, steht ihm erst einmal der Mund offen. „Sei cosí, bella! Signora Sybille", ruft er entzückt und reicht mir galant den Arm. Ohne es verhindern zu können, strahle ich zurück und ergreife seine angebotene Elle. Ich muss zugeben, auch Giovanni sieht unverschämt gut aus. Seine dichten, dunklen Locken glänzen noch feucht von der Dusche. Er trägt ein weißes, enges T-Shirt und moderne Jeans, die durch ihren schmalen Schnitt seine langen Beine und, wie ich mit einem verstohlenen Blick feststellen kann, auch den Hintern sehr gut zur Geltung bringen.

„Wohin entführst du mich denn?", frage ich scherzhaft.

„Ah, e una sorpresa. Come si dice? Übergerschungg." Ich lache, weil ich sein Kauderwelsch so süß finde, und steige ins Auto. Wir befinden uns mitten in Weinbergen. Den Wagen haben wir auf einem kleinen Schotterplatz abgestellt und sind nun schon geraume Zeit zu Fuß unterwegs. So langsam hoffe ich, der Marsch lohnt sich, denn ich habe Hunger und meine neuen Sandalen sind für unebene Wege nicht besonders geeignet. Über uns thront ein riesiges Anwesen mit dem klangvollen Namen Castello D'Albola, eine ehemalige Burg aus dem 12. Jahrhundert, in welcher sich heute ein Weingut befindet. So erklärt mir Giovanni und führt mich geradewegs auf ein Plateau mit einer herrlichen Wiese, umgeben von Olivenbäumen. Unter uns erstrecken sich riesige Felder mit Weinstöcken und die Aussicht über das gesamte Tal ist wundervoll.

„Das ist traumhaft schön, Giovanni, wirklich eine Überraschung", gebe ich deshalb zu. Dieser lächelt und packt geschäftig auf der bereits ausgebreiteten Decke alle möglichen Leckereien aus unserem mitgebrachten großen Korb. Bei dem Anblick der vielen Speisen läuft mir das Wasser im Mund zusammen. Mein Magen knurrt. Peinlich. Doch galant, wie der junge Mann nun einmal ist, macht er lediglich eine einladende Geste, damit ich mich auf die Decke setze. „Geben Sie mir die Ehre, per voi mangiare, Sybille?" „Ja, ich esse sehr gerne mit Ihnen." Dabei ergreife ich das Glas Chianti, welches er mir hinhält, und stoße mit ihm an. Giovanni sieht mir tief in die Augen und mir wird ganz schwummerig. Puh, Wein auf leeren Magen ist nichts für mich. Schnell greife ich nach einem Spieß mit Tomate und Mozzarella und etwas Weißbrot. Wir genießen das Essen und plaudern unbeschwert. Die Sonne beginnt langsam ihre Reise hinter den Horizont und ich stelle mit Bedauern fest, dass wir so langsam aufbrechen sollten, um nicht im Dunkeln durch die Weinberge laufen zu müssen. „Keine Angst, signora, ic beschütze."

„Das glaube ich dir sogar", gebe ich lachend zurück. „Wir können auch bleiben, questa sera in Castello." Entsetzt schaue ich ihn an. „Es tut mir leid, aber das kann ich nicht."

Giovanni nickt. „Isse nict schlimm, Sibylle, mi piaci, aber abbiamo tempo." Oh Gott, Panik erfüllt mich. Hastig stehe ich auf und werfe fast schon alles in den Korb. Er mag mich und wir haben Zeit? Das geht entschieden zu weit!

Ein kleiner Winkel in meinem Herzen muss sich eingestehen, dass mir Giovannis Interesse nicht egal ist, sonst wäre ich nicht mit ihm picknicken gegangen. Verdammt, warum muss auch alles immer so kompliziert sein? Schweigend treten wir den Rückweg zum Auto an.

Zu Hause in Franken

Hans fliegt. Renate und die Kinder haben ihn gerade zum Flughafen gefahren. Pipa weiß, dass er zu Sybille fliegt, und ist relativ gefasst. Renate hat beiden eingeimpft, dass Mama nicht wissen darf, dass Papa weggeflogen ist. Sie hofft nur, Tizian mit seinen vier Jahren verplappert sich nicht. Als Hans eingecheckt hat und sie ihn zum Gate bringen, flüstert seine Tochter ihm noch etwas ins Ohr und drückt ihn ganz fest. Renate kann sich ungefähr denken, um was es geht. Tizian dagegen nimmt es schwer. Erst ist die Mama weg und nun auch noch Papa. Er hat schon einige Male geweint. Vielleicht war es keine gute Idee, ihn hierher mitzunehmen. Doch Pipa meinte, Sybille dränge immer darauf, dass Kinder sich verabschieden müssen. Es ist Boarding Time. Renate nimmt Hans noch einmal das Versprechen ab, seiner Frau endlich zu zeigen, wie wichtig sie ihm sei, und alle drei winken ihm nach. Bei Tizian kullern schon wieder die Tränen. Deshalb entschließt die Tante sich zu einer List und lädt die Kinder kurzerhand in ein bekanntes Fast-Food-Restaurant ein. Der Abschiedsschmerz wird schnell vergessen.

Die Heimfahrt zerrt jedoch schon erheblich an Renates Nerven. Da sie den Weg vom Flughafen durch die Stadt nach Hause nicht kennt, schaltet sie das Navi ein. Tizian ist von dem kleinen sprechenden Gerät fasziniert. „Mama hat kein Nabi im Auto", stellt er fest. „Aber Papa, und es heißt Navi", klärt Pipa auf. „Sag ich doch, Nabi, und Papa hat ein ganz anderes Dings im Auto", verteidigt sich der

Kleine. „Das nennt man Navigationsgerät und es zeigt, wo man hinfahren muss. Du kennst das doch", auch die große Schwester ist langsam genervt. „Navitilationsgerät!", kreischt ihr Bruder vergnügt. Der Streit geht weiter und Renate versucht, die beiden auszublenden, was ihr bis zur heimischen Haustür aber nicht wirklich gelingt. Wie kann man nur dreißig Minuten über ein Wort streiten?

Helga steht bereits vor der Tür. Sie soll ja einmal die Woche zum Saubermachen und Wäschewaschen kommen. Überpünktlich, denkt sich Renate, begrüßt die Frau aber herzlich. „Hallo, Helga, wie ich mich freue, dich zu sehen." „No, de Renade. Ei, Sie sin so ne hübsche und padende Frau! Für Sie doch imma!", entgegnet diese in ihrem sächsischen Dialekt. Gemeinsam betreten sie das Haus und Helga ist bereits in ihrem Element. Die Kids ziehen sich auch zurück. Also Pipa jedenfalls, und Tizian spielt mit seinen Autos. Zeit, um mit Sybille zu telefonieren.

„Na, wie geht's meiner Urlauberin?" „Hör bloß auf! Hermann und Trudi haben uns für so eine Führung angemeldet und brauchen mich als Dolmetscherin, weil Giovanni keine Zeit hat. Zum Glück!" Renate horcht auf.

„Also Sybille, ich finde, du übertreibst langsam ein bisschen mit deiner Abneigung gegen den Jungen. Er ist doch nur nett zu dir, und ein kleiner Flirt hat noch niemandem wehgetan!" „Du interpretierst das völlig falsch. Ich bin sogar gestern Abend mit ihm picknicken gegangen. Es war wirklich schön. Doch dann ...", Sybille hängt ihren Gedanken nach und Renate flippt aus. „Spann mich nicht so auf die Folter, was ist passiert?" „Nichts Besonderes. Wir haben Wein getrunken und er hat mir tief in die Augen geschaut, da wurde mir ganz schwindelig. Dann, als wir aufbrechen wollten, hat er mir den Vorschlag gemacht, im Hotel zu übernachten", die Freundin holt tief Luft. „Und?"

„Ja, nichts und, ich habe abgelehnt und daraufhin meinte er, es sei nicht schlimm und wir hätten schließlich Zeit. Renate, ich dreh durch, noch Zeit!" Jetzt schreit Sybille fast hysterisch. „Oh,oh." Na, wenn ihre beste Freundin schon mal wortkarg wird. „Aber damit noch nicht genug, wir sind also schweigend nach Hause gefahren. Giovanni hat es sich natürlich nicht nehmen lassen, mich zu meinem Zimmer zu begleiten. Ich habe mich bedankt für den schönen Abend und ihm die Hand gereicht. Da zieht er mich an sich und küsst mich. Mitten auf den Mund!" Jetzt kippt ihre Stimme zwischen Hysterie und Weinen. Renate kann es verstehen. Das ist nicht gut. Blöderweise war sie diejenige, die ihre Freundin bestärkt hatte, Giovanni nicht aus dem Weg zu gehen. Aber nun ist Hans bald in Italien, um sich mit seiner Frau auszusöhnen! Was jetzt?

„Sybille, hör mal, im Grunde willst du doch gar nichts von diesem Giovanni. Es wäre also nur fair ihm gegenüber, wenn du einmal Klartext redest, bevor er sich noch weiter Hoffnungen macht." „Ja, das wäre es wohl", entgegnet die Freundin lahm. Oh Mann!

„Hast du mir etwas zu sagen?!", fragt Renate scharf nach.

„Das Dilemma ist, der Kuss hat Schmetterlinge in meinem Bauch ausgelöst. Mir ist schon klar, dass das nur eine Spielerei von ihm ist. Aber Renate, du hast doch gemeint, ich solle mich ruhig darauf einlassen. Schließlich habe ich nach Hans ja wohl ein bisschen Selbstbestätigung verdient, oder?"

Das läuft nun alles gar nicht so, wie Sybilles beste Freundin sich das dachte. „Scheint, als hättest du mit deiner Ehe endgültig abgeschlossen. Aber meinst du nicht, du solltest das deinem Mann erst einmal mitteilen?" „Jetzt mach aber mal einen Punkt, Renate. Hat er mich denn um Erlaubnis gebeten, eine Affäre zu haben? Nein! Im Gegenteil, kaum bin ich weg, trifft er sich ganz ungeniert mit Lydia. Glaube mir, wenn jemand nichts zu klären hat, dann ich."

Sybille möchte nicht weiter darüber reden. Sie verlangt nach den Kindern und Renate bleibt nichts anderes übrig, als ihre Freundin wenigstens zu ermahnen, nichts zu überstürzen. Hans wird heute Abend dort eintreffen!

Sybille auf Reisen

Ich lege auf und bin verwirrt. Zum einen, weil ich mir vor meinem Telefonat mit Renate noch nicht im Klaren darüber war, wie ich zu Giovanni stehe, und zum anderen, weil meine Freundin so verhalten war. Ich habe fast den Eindruck, sie wünscht sich, ich gäbe Hans noch eine Chance. Das wiederum wirft bei mir die Frage auf, was zu Hause passiert ist. Die Kinder haben mir nichts erzählt. Beide haben von Schule und Kindergarten berichtet und was sie nachmittags so anstellen. Ein ausgiebiges Thema von Pipa war, dass Renate nicht wirklich kochen kann und es im Moment abwechselnd entweder Eier mit Käse und Salat gibt oder Nudeln mit Tomatensoße und Salat. Ich schlage meiner Tochter vor, doch einmal selbst zu kochen, anstatt sich zu beschweren. Pipa ist nicht begeistert. Mithelfen im Haushalt war noch nie ihr Ding.

Es klopft an der Tür. Das sind bestimmt Trudi und Hermann. Ich schnappe meine Tasche und öffne die Tür. Davor steht Doro. Verdutzt sehe ich sie an. „Hallo, Sybille, darf ich kurz reinkommen?", fragt diese vorsichtig. Meiner einladenden Geste folgend, betritt sie den Raum und setzt sich mir gegenüber an den kleinen runden Tisch. „Hoffentlich will sie jetzt kein Mutter-Tochter-Gespräch mit mir führen", denke ich. „Sybille, ich weiß gar nicht so recht, wie ich anfangen soll", druckst diese nun rum. Das fängt nicht gut an. Schon macht sich in meinem Magen ein Brummen breit, als hätte ich einen ganzen Bienenschwarm verschluckt. Ich will gar nichts von Ihrem Sohn und überhaupt ist er viel zu jung für mich, würde ich am liebsten rufen und dann den Raum fluchtartig verlassen und nie mehr wiederkommen. Doch mein Mund ist staubtrocken und ich bin nicht fähig, mich vom Fleck zu rühren. Was für eine unangenehme Situation.

„Ich hoffe, Sie fühlen sich wohl bei uns", versucht Doro nun, die Unterhaltung in Gang zu bringen. Ich nicke.

„Das ist schön. Also Sybille, leider bin ich kein besonders diplomatischer Mensch, deshalb sage ich es frei heraus." Oh je, es geht los. „Mir ist nicht entgangen, dass Sie ein Problem mit sich herumtragen. Aber mir ist auch aufgefallen, wie nett Sie mit Trudi und Hermann umgehen und dass die beiden Ihnen wirklich ans Herz gewachsen sind." Wieder nicke ich, doch was hat das mit ihrem Sohn zu tun?

„Nun ja, ihre Kinder sind noch nicht erwachsen, aber vielleicht können Sie sich ja eines Tages vorstellen, genauso wie ich nach Italien auszuwandern."

„Warum sollte ich das tun?", finde ich endlich meine Sprache wieder. Wenngleich ich die Antwort schon erahne.

„Giovanni wird die Pension wohl nicht übernehmen. Obwohl sein Herz sehr daran hängt. Ich werde nicht jünger und möchte, dass sie in gute Hände kommt und an jemanden, der sich auch mit meinem Sohn versteht, denn er ist der Verpächter." Erstaunt blicke ich die Frau an, was soll das denn werden?

„Sie wollen mir also ihre Pension anbieten? Warum? Und warum gerade ich? Wir kennen uns doch kaum", entgegne ich ungläubig. Ob sie doch weiß, dass ihr Sohn mir Avancen macht? Ist das ihr Versuch, mich mit ihm zu verkuppeln?

„Wenn ich eines habe, dann Menschenkenntnis. Auf meine Intuition, eine Person betreffend, konnte ich mich schon immer verlassen. Mein Gefühl sagt mir einfach, sie wären die Richtige. Ihr Platz ist hier, auch wenn Sie das jetzt vielleicht noch nicht wissen." Oh je, ich sollte schleunigst abreisen und vor allem die Finger von ihrem Sohn lassen. Das ist mir nun wirklich zu heikel. Es klopft erneut, und dieses Mal stehen tatsächlich die beiden Rentner vor der Tür. „Abmarschbereit?", fragt Hermann. Trudi spitzt über die Schulter ihres Mannes, welcher den Türrahmen versperrt, und ich begegne ihrem fragenden Blick, als sie Doro entdeckt. Ich zucke die Schultern.

Die Pensionswirtin erhebt sich und wünscht uns einen schönen Tag. „Denken Sie bitte darüber nach, mehr will ich gar nicht", bittet sie mich und schon ist sie die Treppe nach unten verschwunden. Wieder bemerke ich Trudis Blick, doch darüber kann und will ich mit den beiden heute nicht sprechen. Zu absurd ist überhaupt der Gedanke. Schnell schiebe ich das Gespräch in den hintersten Winkel meines Gehirns, setze ein fröhliches Lächeln auf und verlasse mit meinen Begleitern das Zimmer.

Als ich nach vier Stunden zurückkehre, hängt ein Zettel von Giovanni an meiner Tür. Er bittet darum, mich heute Abend im Garten zu treffen. Mein erster Impuls ist, nicht hinzugehen, weil meine Gefühlswelt Achterbahn fährt. Fest steht jedoch, dass ich ihm sagen muss, er dürfe sich keine Hoffnungen bei mir machen. Um Punkt sieben Uhr stehe ich deshalb an dem vorgeschlagenen Treffpunkt, der Gartenbank. Am liebsten würde ich wieder auf mein Zimmer gehen, doch da höre ich schon Schritte. Giovanni kommt um die Ecke des Kiesweges und sieht wie immer unverschämt gut aus. Mein Herz hüpft und in meiner Magengegend zieht es verdächtig. „Du mieser Verräter!", schimpfe ich in Gedanken meinen Körper, der diesen Mann ungemein attraktiv findet.

„Mia Bella!", ruft er aus und ergreift meine Hände. Verdammt, die Schmetterlinge beginnen zu flattern. Vorsichtig entziehe ich sie ihm. Er sieht mich fragend an. „Giovanni", beginne ich mit krächzender Stimme. Ich räuspere mich und versuche es noch einmal. „Giovanni, der Abend gestern war wirklich etwas ganz Besonderes." Schicke immer etwas Positives voraus, bevor du etwas Negatives ansprichst. Wieder versucht er, meine Hände zu ergreifen. Ich drehe mich leicht zur Seite. Da streifen seine Lippen meine Schläfe und ein Schauer läuft mir über den Rücken. Donnerwetter, wieso reagiere ich so?

Unsicher trete ich einen Schritt zurück und versuche damit, etwas Abstand zwischen uns herzustellen. Dabei trete ich in ein Loch im Rasen und knicke um. Sofort ist

Giovanni bei mir und fängt meinen Sturz ab. Ich liege in seinen Armen. Sein Gesicht über meinem. Er sieht mir tief in die Augen, und noch ehe ich mich versehe, sind seine Lippen erneut auf meinen und wir versinken in einem innigen Kuss.

Die Welt um mich herum besteht plötzlich aus einem Strudel wirbelnder Gefühle. Mein ganzes Empfinden ist mit diesem einen Kuss beschäftigt. In dem Moment zählt nichts anderes.

„Sybille, was tust du? Und Sie, runter von meiner Frau, sind Sie noch bei Trost?" Irgendjemand reißt Giovanni aus meinen Armen und ich lande unsanft auf dem Boden. Noch nicht wieder in der Realität angekommen, beobachte ich, wie jemand, der komischerweise aussieht wie mein Ehemann, Giovanni unsanft zu sich umdreht, um ihm einen Kinnhaken zu verpassen.

„Das könnte dir so passen, du Gigolo, meine Frau zu verführen!" Der arme Giovanni fasst sich ans Kinn, ein leichtes Blutrinnsal läuft ihm vom Mund herab. Verwundert sieht er mich an und streckt die Hand aus, damit ich aufstehen kann. Doch wieder schreitet dieser Kerl ein und zieht ihn von mir weg. „Mach, dass du verschwindest! Nun geh schon!", schreit er und deutet einen Fußtritt an. Ich nicke in seine Richtung und wie ein im wahrsten Sinne des Wortes geprügelter Hund verlässt Giovanni den Garten. Ich bin alleine mit meinem ‚Retter'.

„Hans?", frage ich vorsichtig. Mein Verstand tadelt mich für diese dumme Frage, wer sollte das denn sonst sein?

Aber irgendwie erscheint mir das Ganze surreal.

„Mit mir hast du wohl nicht gerechnet, wie mir scheint?", erwidert dieser erbost. „Was tust du hier? Und woher wusstest du überhaupt, wo ich bin?" Von Renate natürlich, gibt mir mein Verstand nach wieder aufgenommener Arbeit die Antwort.

Mein Mann rauft sich die Haare. Kein gutes Zeichen. Das tut er nur, wenn er extrem unter Druck steht und sich nicht zu helfen weiß. „Ich Trottel lasse mich von deiner Freundin überreden, hierherzufliegen, nur um dich in den Armen eines anderen zu finden. Du hast dich ja ganz schön schnell getröstet", wirft er mir an den Kopf. „Das ist ja wohl die Höhe, du wagst es, mir Vorwürfe zu machen? Wer hat mich denn belogen und betrogen? Ich bin lediglich gegangen, um erst einmal etwas Abstand zu gewinnen, weil ich nicht wusste, wie es weitergehen soll", tief hole ich Luft, ich zittere vor Wut. „Aha, und der Abstand hat dir gleich so gutgetan, dass du dich blindlings in die Arme des nächstbesten Italieners wirfst?!", schreit Hans mich an.

„Wenn du das so sehen willst, ja. Aber lass Giovanni da raus, es geht hier nicht um ihn, sondern um uns. Da fällt mir ein, du bist anscheinend eh nur hier, weil Renate dich überredet hat. Was führst du dich dann so auf? Sei doch froh, ich gebe dich frei für deine Lydia und um mich musst du dir auch keine Gedanken mehr machen." Ich bin so wütend, dass ich über die Konsequenzen meiner Worte keine Sekunde nachdenke, ich will nur noch, dass Hans wieder verschwindet. Dieser starrt mich mit offenem Mund an, schluckt und meint dann: „Also gut, wenn du das so siehst, dann ist wohl alles gesagt!" Ich nicke. „Dann ist es wirklich besser, ich fliege wieder nach Hause. Vergiss, weshalb ich überhaupt hergekommen bin, offensichtlich war es eine Schnapsidee, zu versuchen, unsere Ehe zu retten."

Mit diesen Worten dreht er sich auf dem Absatz um und marschiert, nein, rennt schon fast den Weg hinauf. Kurz darauf höre ich einen Motor und quietschende Reifen. Unfähig, mich zu rühren, stehe ich da und verstehe die Welt nicht mehr. Ganz langsam sickert die Erkenntnis in mein Bewusstsein, dass gerade mein Mann vor mir stand und um eine zweite Chance bat. Allerdings gab es dabei ein kleines unbedeutendes Hindernis. Nämlich mich, seine Ehefrau, in den Armen eines anderen Mannes. Dummerweise war ich von seinem Auftauchen nicht gerade erbaut.

Im Gegenteil, böse Zungen würden behaupten, ich habe ihn mit Absicht wieder weggejagt. Laut schluchze ich auf und sinke wie ein Häufchen Elend in mir zusammen.

Hans auf Reisen

Stocksauer trifft seinen Gemütszustand noch nicht einmal annähernd. Warum hatte er sich nur überreden lassen, hierherzukommen? Zwar hätte er nicht einmal im Traum damit gerechnet, Sybille mit einem anderen Mann zu finden. Allein diese Sache hat ihm fast das Herz gebrochen, aber sie will außerdem auch keine Erklärung hören. Für seine Frau gibt es keine Ehe mehr. Das hat sie ihm gerade klargemacht. Wütend hämmert Hans auf das Lenkrad. Wenigstens die Chance für ein Gespräch hätte er nach vierzehn Jahren verdient. Egal wie schäbig und dumm er sich ihr gegenüber verhalten haben mag. Aber sie fällt ja lieber auf den Charme eines jungen Italieners herein, der sie umgarnt, ihr Komplimente ins Ohr flüstert und wahrscheinlich das Gefühl gibt, die tollste Frau der Welt zu sein. Ein heiße Welle der Eifersucht durchströmt ihn und Renates Worte kommen ihm wieder in den Sinn. „Wann hast du Sybille das letzte Mal in den Himmel gehoben? Ihr gezeigt, wie sehr du sie liebst und dass sie bei dir die absolute Nummer eins ist, vor allem anderen?"

„Dieser verflixte Italiener tut wahrscheinlich genau das, was ich in den letzten Jahren vergessen habe. Verdammt, ich hab es echt vergeigt", wieder malträtiert Hans sei Lenkrad. Nach ein paar Kilometern legt er eine Vollbremsung hin und fährt in eine Parkbucht. „So geht das nicht, ich kann jetzt nicht kampflos einfach wieder nach Hause fliegen. Bin ja selbst schuld an allem. So angeschlagen, wie sie im Moment ist, muss sie ja auf diesen Casanova reinfallen.

Es gibt nur einen Weg, die Flucht nach vorne!" Bei diesen Worten startet er den Motor und wendet den Wagen wieder in Richtung Castelnuovo. Unterwegs ersteht er an einem Marktstand Weintrauben und Käse. Ein Stück weiter eine Flasche Chianti. Kurz vor seinem Ziel fährt er noch einmal rechts ran, um in einer Wiese einige Blumen zu pflücken. Dann zückt er sein Handy und wählt die Nummer von zu Hause.

„Renate? Ich bin angekommen. Alles okay bei euch? Gut. Ja, ich habe sie schon gesehen. Nein, ich musste noch kurz was besorgen, denn ab jetzt wird gekämpft!" Er klappt das Telefon zu und fährt die letzten Kilometer zur Pension.

Dort klingelt er an der Glocke, da die Tür schon abgesperrt ist. Die Pensionswirtin erscheint und stellt sich als Doro Ferraro vor, Hans sich selbst als Sybilles Ehemann. Die Frau lächelt und möchte ihn hereinbitten, doch er lehnt ab. „Können Sie mir vielleicht sagen, welches das Fenster meiner Frau ist?" Erstaunt zeigt ihm die Dame das dritte Fenster links oben. „Welches Zimmer ist das? Nummer drei, danke. Wäre es möglich, die Tür vielleicht erst wieder in einer halben Stunde abzuschließen? Ich hätte gerne die Möglichkeit, ungehindert zu meiner Frau zu kommen, ohne dass ich Sie noch einmal stören muss." Die Hausherrin verneint. „Ich denke, wenn Ihre Frau Sie empfangen möchte, dann wird Sie das Schloss auch öffnen, ohne mich zu stören." Damit schließt sie die Türe und tatsächlich hört Hans, wie ein Riegel vorgeschoben wird. Also gut, dann eben Plan B. Leise begibt er sich zu dem besagten Fenster und stellt erleichtert fest, es ist geöffnet. Gut.

Ein paarmal leises Räuspern. „Los geht's", spricht er sich still Mut zu. Und dann, ja dann beginnt Sybilles Ehemann zu singen.

Sybille auf Reisen

Von etlichen Weinkrämpfen geschüttelt und total durch den Wind, begebe ich mich schließlich mit wackeligen Beinen auf mein Zimmer. Im Flur begegnet mir Doro, zum Glück ist die Sonne schon untergegangen und im schummrigen Licht der kleinen Lampe sollte sie meine Tränen nicht entdecken. Von Giovanni keine Spur. Ich kann nur hoffen, dass seine Mutter von der Gartenszene nichts mitbekommen hat und ihr armer Sohn mir irgendwann verzeiht.

Wieder versuche ich, mir die Decke über den Kopf zu ziehen und die Welt auszusperren. Aber es funktioniert nicht. Im Zimmer ist es stickig. Es war ein heißer Tag und die Wände sind aufgeheizt. Also trete ich ans Fenster, öffne es und stehe einige Minuten im lauen Luftzug. Um wenigstens etwas Abkühlung zu bekommen, dusche ich mich kurz ab. Erfrischt schlüpfe ich in Shorts und T-Shirt. Jetzt kann ich bestimmt schlafen.

Eine halbe Stunde später ist mein Bettzeug total zerwühlt vom vielen Drehen. Tausend Gedanken gehen mir durch den Kopf und an Schlaf ist nicht zu denken. Da höre ich Geräusche unter meinem Fenster. Um genau zu sein, eher Laute, so etwas Ähnliches wie Gesang? Oh, bitte nicht Giovanni, das wäre jetzt echt zu viel für meine Nerven! Vorsichtig nähere ich mich dem Fenster und spähe hinunter. Zu meiner grenzenlosen Verwunderung steht dort Hans und singt.

„It's now or never, come hold me tight. Kiss me, my darling, be mine tonight. Tomorrow will be too late. It's now or never, my love won't wait ..." Er rezitiert doch tatsächlich das komplette Lied, welches aus fünf Strophen besteht. Kaum zu glauben. Wer das Lied von Elvis nicht kennt, sollte sich den Text ansehen, denn er hat viel mit uns zu tun. Hier unter meinem Fenster in einer Pension in Italien steht nun also mein Mann und singt das Lied, bei dem wir uns vor siebzehn Jahren zum ersten Mal geküsst haben. Alle verdammten fünf Strophen kann er. Woher nur? Hans singt nie und es ist schon ewig her, dass wir dieses Lied zusammen gehört haben. Gegen meinen Willen kullern mir Tränen der Rührung über die Wangen. Ich bin froh, dass er zurückgekommen ist, und ich freue mich über diese Geste. Inzwischen hat das Lied geendet und mein Mann sieht zu mir hoch. Ich schlucke, was erwartet er von mir?

„Süße, auch wenn es unter diesen Umständen schwer zu glauben ist, aber du bist die Frau meines Lebens. Ich will dich nicht verlieren. Alles, worum ich dich in diesem Moment bitte, ist ein Gespräch. Ich habe Fehler gemacht, die ich dir erklären möchte. Kampflos werde ich dich nicht aufgeben. Ich liebe dich!"

Unsicher sehe ich nach unten. Seine Haare stehen noch immer wirr um den Kopf. Auf seinem Kinn sehe ich Spuren eines beginnenden Dreitagebarts. Unter den Augen liegen Schatten, Anzeichen für zu wenig Schlaf. Es geht ihm nicht gut.

In der vergangenen Stunde habe ich mir mehr als einmal gewünscht, Hans käme zurück und wir könnten miteinander reden. Jetzt steht er da und ich sage kein Wort. Was ist eigentlich los mit mir, bin ich eigentlich total verrückt geworden? Hans deutet mein Schweigen als Ablehnung.

„Ich will dich nicht bedrängen, doch du sollst wissen, dass ich noch lange nicht bereit bin, aufzugeben. Morgen Früh werde ich in dem kleinen Café beim Torbogen auf dich warten, um neun Uhr. Es würde mich sehr freuen, wenn du kommst." Dann legt er einen Strauß Sommerblumen auf die Erde, sieht mich noch einmal an und geht. Ich stehe da und blicke ihm nach. Lange nachdem das Leihauto vom Schotterplatz gefahren ist, schaue ich noch in die Ferne. Ich schaffe es einfach nicht, meine Gedanken zu ordnen. Fröstelnd ziehe ich mir eine Sweatjacke über, tappe die Treppe hinunter und hole die Blumen, welche selbst gepflückt sind, wie ich überrascht feststelle. Hans weiß, wie sehr ich Blumen liebe, doch ich erinnere mich nicht, wann ich das letzte Mal welche bekam. Nicht einmal an meinem Geburtstag hat er dieses Jahr welche gekauft. Gedankenverloren stelle ich sie in ein mit Wasser gefülltes Glas und setze mich aufs Bett.

Zu Hause in Franken

Renate ist beunruhigt. Nach dem äußerst kurzen Telefonat mit Hans gestern Abend hat sie sofort versucht, Sybille zu erreichen, doch das Telefon war ausgeschalten. Jetzt ist es bereits Mittag und sie kann weder ihre Freundin noch deren Mann erreichen. „Wird schon schiefgehen", versucht sie sich immer wieder einzureden, aber die Nervosität steigt mit jeder Minute. Es klingelt. Wer das wohl sein mag? Helga war erst gestern da und Charlotte arbeitet heute.

„Na, meine Schöne, was machst du so?" Vor der Tür steht Eddie. Mit dem hat Renate am allerwenigsten gerechnet.

Das zeigt wohl auch ihr Gesichtsausdruck, denn sein Lächeln verblasst merklich. „Ich wollte dich nicht bei etwas Wichtigem stören, aber nachdem wir in den letzten Tagen keinen Kontakt hatten, wollte ich einfach sehen, wie es dir geht." Ihn vor der Tür stehen zu lassen, wäre mehr als unhöflich. Außerdem freut sie sich auch, dass er sich anscheinend Sorgen macht. „Komm doch rein und trink einen Kaffee mit mir. Pipa wird erst bis in einer halben Stunde da sein und es ist noch etwas zu essen von gestern da, ich muss also nicht kochen." Eddie zieht die Augenbrauen hoch.

„Du kochst also?" Was antwortet eine kategorische Nichtköchin, die aber vor ihrem eventuell Zukünftigen in einem guten Licht dastehen will, darauf? „Hm, ja, Kleinigkeiten eben, nichts Großes." Das war diplomatisch und nicht gelogen. „Nun, ich würde mich freuen, wenn du morgen Abend mit mir essen gehst. Schließlich bin ich nur noch eine Woche da." Vor Schreck hätte Renate beinahe den Becher mit heißem Kaffee über seine Hand geschüttet, den sie im Begriff war, ihm zu reichen. Sie räuspert sich.

„Eddie, ich würde schrecklich gerne, aber es ist Mittwoch und ich kann die Kinder am Abend nicht einfach alleine lassen."

„Wo ist das Problem? Hans ist doch abends zu Hause." Ihr ehemaliger Freund ist nicht in alle Ereignisse eingeweiht. Er weiß nur, dass Sybille Urlaub macht und Renate gebeten hat, nach dem Rechten zu sehen, über ihren vorübergehenden Einzug bei Familie Wurst war er nicht sehr glücklich. „Hans ist seit gestern auf Geschäftsreise und ich weiß ehrlich gesagt nicht, wann er wiederkommt." „Was? Bist du deshalb hierhergezogen? Renate, ich muss schon sagen, so kenne ich dich gar nicht. Seit wann spielst du die Ersatzmutter für zwei Kinder und schmeißt einen Haushalt?" Sie zuckt die Achseln. Was soll man darauf auch sagen? Alles wäre eine Lüge. In ihrem Kopf schreit es. „Wenn du wüsstest, wie beschissen es mir geht. Ich will nicht mit den Kindern alleine sein. Alles versinkt um mich herum im Chaos. Meine Galerie sieht mich kaum noch und, nein, ich kann ganz und gar nicht kochen." Doch sie sitzt äußerlich gelassen vor ihm und fragt stattdessen. „Wohin würdest du mich denn morgen Abend entführen wollen?" „Ach, ich dachte mir ..." Weiter kommt Eddie nicht, denn Pipa stürmt zur Haustür herein. Wirft in hohem Bogen ihren

Schulrucksack in die Ecke des Wohnzimmers und flucht laut. „Scheiß Schule! Immer dieselben kranken Typen, und jetzt muss ich dann auch noch zu dem doofen Kieferortho-päden, weil der Zahn raus muss. Teenager sein ist echt sch..." Sie erblickt Eddie und stockt mitten in ihrer Tirade. „Hi, Tante Renate. Wer ist das?" Pikiert zeigt sie mit dem Finger auf den fremden Mann in der Küche. „Hey, Pipa, schön, dass du uns auch mal zur Kenntnis nimmst. Das ist Eddie und wann müssen wir bei deinem Kieferdings sein?" „In einer halben Stunde, also sollten wir gleich los." Der Blick ihres Patenkindes spricht Bände. „Tut mir leid, mein Lieber, wir müssen gehen. Rufst du mich heute Abend an?" Eddie drückt sie etwas länger als nötig an sich und gibt ihr noch einen Kuss auf die Wange mit dem Versprechen auf ein Telefonat. Renate muss zugeben, dass ihr seine Berüh-rungen mehr als angenehm sind. „Wahrscheinlich bist du schon zu lange Single", ruft sie sich zur Räson.

„Was hat der Typ vorhin denn gewollt?", fragt Pipa dann auch, kaum dass sie im Auto sitzen. „Ich habe dir doch von ihm erzählt. Wir waren mal ziemlich lange zusammen. Nach unserer Trennung ist er dann irgendwann nach Aust-ralien gezogen. Jetzt macht Eddie hier Urlaub und wollte mich gerne wiedersehen", lächelt Renate in sich hinein.

„Du wirst dich aber doch wohl nicht in ihn verlieben, oder?" „Ach, Süße, so etwas kann man nicht planen. Das wird die Zeit zeigen." Es ist dem Gesicht ihres Patenkindes anzusehen, dass diese Antwort so typisch erwachsen ist und sie nicht zufriedenstellt. Aber sie lässt es dabei bewenden.

Pünktlich zum vereinbarten Termin sitzt Pipa auf dem Stuhl des Behandlungszimmers und hat darauf bestanden, dass ihre Tante mit im Zimmer bleibt. „Mama lässt mich nie alleine. Die könnten ja sonst alles mit mir anstellen." Das können die auch so, denn Renate hat keine Ahnung, weshalb sie überhaupt hier sind.

Die Ärztin betritt den Raum. Aus der Unterhaltung kann die Patentante entnehmen, dass Pipa ein Zahn entfernt werden soll, der bereits leicht wackelt und raus muss, um für den neuen Platz zu machen. Bald darauf folgt dann die feste Spange. Kein Wunder, dass Pipa vorhin so schlecht drauf war. Eine feste Spange ist nicht lustig.

„Willst du eine Betäubung haben?", fragt da gerade die Ärztin. Das Kind nickt. „Du kannst dir den Geschmack aussuchen, möchtest du Banane oder Erdbeere?" „Lieber Erdbeere, auf Bananen muss ich kotzen." Konsterniert schaut die Ärztin erst den Teenager, dann Renate an. „Dann wäre das auch geklärt", gibt diese unbeeindruckt zur Antwort. Die Betäubung wirkt schnell und an sich wäre der Zahn auch schon draußen, wenn Pipa einfach mal den Mund halten würde. Zudem beschwert sie sich andauernd, dass ihre Zunge von der pelzig ist. Irgendwann hat dann auch die Engelsgeduld der Zahnärztin ein Ende. „Deine

Zunge wäre nicht taub, wenn du den Mund gehalten hättest. Und jetzt sei endlich ruhig, dann hab ich den Zahn gleich!"

Auf dem Heimweg holen die beiden Tizian vom Kindergarten ab und Pipa macht Renate einen Vorschlag. „Du kannst doch morgen essen gehen. Tizi und ich bekommen das auch ganz gut alleine hin." Zweifelnd sieht diese ihr Patenkind an. „Nein, ich glaube es ist besser, wenn ich zu Hause bleibe." „Also, wenn dir wirklich was an diesem Typen liegt, dann solltest du mit ihm ausgehen, oder willst du ewig Single bleiben? Und so schlecht sieht er gar nicht aus." „Oh, ein Kompliment aus deinem Mund! Überhaupt, was heißt hier ‚ewig Single'?" Pipa schweigt sich aus.

Am Abend ruft Eddie wie vereinbart an. Von Sybille und Hans hat sie immer noch nichts gehört. Beide gehen nicht an ihre Handys. Ob das nun ein gutes oder schlechtes Zeichen ist? Renate versucht es positiv zu sehen, was ihr jedoch nicht so ganz gelingt. Zu sehr treibt sie die Neugierde, was die beiden wohl gerade tun. Abwarten war noch nie ihre große Stärke.

„Treffen wir uns morgen Abend um sieben im Trojaner?", fragt Eddie in ihre Gedanken hinein. „Ich würde so gerne mitgehen, aber ich hab niemanden für die Kinder", antwortet Renate bedauernd. „Na, dann nimm sie doch einfach mit. Zwar wäre ich lieber alleine mit dir, aber besser, ich sehe dich mit den Kindern als gar nicht." „Das ist süß von dir, doch ich glaube nicht, dass der Trojaner ein angemessenes Lokal für Kinder ist." „Da gebe ich dir recht. Französische Küche ist wohl bei der Jugend nicht so angesagt. Was schlägst du vor?" „Lass uns ins Hausmanns gehen. Das Ambiente dort ist sehr schön und es gibt leckere deutsche Küche und Kinderportionen für Tizian." „Nur unter einer Bedingung." Renate horcht auf. „Die wäre?" Eddie lacht leise. „Das nächste Mal gehen wir ohne Kinder aus und dann in den Trojaner." „Abgemacht, du bist ein Schatz!" „Ich weiß", gibt er lachend zurück und beendet das Telefonat. Renate bereut jetzt schon, sich darauf eingelassen zu haben, mit den Kindern essen zu gehen. Aber wieder absagen, wäre keine so gute Idee. Pipas Worte zum ewigen Singledasein klingeln ihr noch in den Ohren.

Vielleicht hat ihr Patenkind ein kleines bisschen recht.

Sybille auf Reisen

Immer noch bin ich hin- und hergerissen von meinen Gefühlen. Aber ich weiß auch, dass Hans hier ist, um sich mit mir auszusprechen. Deshalb werde ich seiner Bitte nachkommen und mich mit ihm treffen. Unter der Dusche gehe ich schon mal alle Optionen durch. Die erste und unwahrscheinlichste: Wir versöhnen uns. Die zweite: Er ist mit Lydia bereits zusammen und will nun alles Weitere regeln, möglichst im Guten. Ein erschreckender Gedanke. Die dritte: Er hat mich zwar betrogen, möchte aber wieder zu mir zurück. Was erneut die Frage aufwirft: Gebe ich uns eine Chance? Und dann ist da ja auch noch Giovanni. Verdammt, wie kann nur in wenigen Tagen ein Leben plötzlich so kompliziert werden? Hätte mir jemand vor zwei Wochen diese Geschichte erzählt, hätte ich gedacht, dieser Mensch hat aber echt 'ne blühende Fantasie. Tja, willkommen in einer Fantasiewelt, die nun meine Realität geworden ist! Resigniert streife ich mir eines von den neuen Kleidern über und schlüpfe in die Sandalen. Die Haare trocknen unterwegs, da es bereits über zwanzig Grad hat.

Ich betrete die Piazza und entdecke im gleichen Augenblick das kleine Café. Runde Tische mit gusseisernen Stühlen sind unter einer orangenen Markise aufgestellt. Für diese Zeit herrscht schon reges Treiben und überall sind italienische Wortfetzen zu hören. Ich hole tief Luft und lasse die Szene ein paar Minuten auf mich wirken. Mir schießt ein absolut unpassender Gedanke durch den Kopf. „Hier zu leben, wäre wirklich ein Traum." Habe ich mein

Herz tatsächlich schon an Giovanni vergeben? Oder bin ich nur verliebt in die Möglichkeit eines Lebens in Italien, weit weg von meinen derzeitigen Problemen? Just in diesem Moment entdecke ich Hans, der sich suchend umsieht. Mein Herz macht einen kleinen Satz. Verwirrt schüttle ich mich, um einen halbwegs klaren Kopf zu bekommen, und gehe langsam auf ihn zu. Zur gleichen Zeit treffen wir bei dem Café ein. Wir sehen uns wortlos an und nehmen Platz. Nachdem wir etwas bestellt haben, ist mein Mann auch bereit, mit mir zu reden.

„Danke, dass du gekommen bist. Das bedeutet mir viel." Abwartend sehe ich ihn an. Ich bin zwar hier, aber leicht werde ich es ihm nicht machen.

„Sybille, es tut mir leid. Ich wollte dich nicht verletzen." Als ich Luft hole zu einer Erwiderung, fährt er schnell fort. „Ich weiß, aus meinem Mund muss das für dich wie Hohn klingen. In umgekehrter Situation hätte ich wahrscheinlich genauso gehandelt wie du. Außer, dass ich mich gleich einer anderen Frau an den Hals geworfen hätte." Diesen Seitenhieb kann er sich nicht verkneifen und macht alles vorher Gesagte wieder zunichte. „Was bildest du dir eigentlich ein? Glaubst du, du bist der Nabel des Universums? Vor dir muss ich mich kein Stück rechtfertigen. Wenn du nur gekommen bist, um dich zu entschuldigen, dann ist das jetzt erledigt, wenn auch nicht besonders wirkungsvoll!" Ich schnelle von meinem Sitz hoch und mein Stuhl droht umzukippen. Gerade noch greife ich danach und blicke in irritierte Gesichter. So viel zum italienischen Temperament.

Hans erhebt sich ebenfalls und greift nach meinem Arm. „Sybille, bitte, nun lass uns doch reden!" Ich schnaube wütend und spucke die nächsten Worte fast aus. „Damit du mich weiter beleidigen kannst? Oder willst du mir noch mehr Lügen auftischen, wie sehr du mich doch liebst, und dir dabei Lydia warmhalten? Vielleicht steht ja auch schon eine Neue in den Startlöchern, schließlich bin ich ja das kleine Dummchen, welches nicht einmal mitbekommt, wenn es betrogen wird. Ach halt, ich bin sogar noch dümmer, als die Polizei erlaubt, denn ich hatte ja einen Verdacht und habe mich trotzdem noch auf euer perfides Kennenlernspiel eingelassen, weil ihr meine Bedenken zerstreut habt.

Also Hans, worüber genau möchtest du dich denn nun unterhalten?"

Mein Mann sieht mich an, als käme ich von einem fremden Stern, und so fühle ich mich auch. Auf dem Absatz mache ich kehrt und fliehe aus dieser Situation. Tränenblind stolpere ich über den Marktplatz. Hinter mir hallen seine Rufe, doch ich ignoriere sie. Wie konnte ich mich nur so gehen lassen? Ja, er hat mich verletzt und es war nicht unbedingt fair von ihm, mit Giovanni anzufangen. Trotzdem ist er hierher nach Italien geflogen, um mit mir zu reden, und er hat gestern Abend klargemacht, dass er um mich kämpfen möchte. Die Stimme meines schlechten Gewissens nagt an mir und stellt fest, dass ich mich heute Morgen eigentlich mit ihm getroffen habe, um uns vielleicht noch eine Chance einzuräumen. Das habe ich nun gründlich vermasselt. Oder aber auch er, alles eine Frage der Sichtweise, würde ich einmal sagen. Jedenfalls bin ich nun nicht gescheiter als vorher und völlig durch den Wind.

Ausgerechnet der letzte Mensch, den ich jetzt sehen möchte, läuft mir über den Weg. Giovanni. Das Schicksal meint es heute nicht gut mit mir. „Ciao, bella," begrüßt er mich freudig. Na, der hat sich aber schnell erholt. Unsicher sehe ich ihn an. „Giovanni, mi dispiace, es tut mir leid, was da gestern Abend passiert ist. Ich bin verheiratet und habe zwei Kinder und ich wollte dir eigentlich gar keine Hoffnungen machen. Das ist wohl gründlich schiefgegangen und auf diese Weise solltest du es auch nicht erfahren." Tief hole ich Luft nach meinem Monolog. Langsam kommt er auf mich zu, hebt die Hand und wischt mir sanft die Tränen von den Wangen, welche sich unbemerkt wieder einen Weg gebahnt haben. „Isse nic schlimm, mia cara. Sei fantastico. Es ist alles gut." Dann geht er an mir vorbei, wirft mir noch einmal eine Kusshand zu und entschwindet hinter den Bäumen. Und ich, ja, ich stehe kurz vor einem Nervenzusammenbruch. Ich möchte schreien, weinen, alles kurz und klein schlagen und mich unter der Bettdecke verkriechen gleichzeitig. Oh je, ich glaube, ich sollte dringend mal mit jemandem reden. Da ich Renate immer noch nicht verzeihe, mir Hans hierhergeschickt zu haben, werde ich wohl Trudi ins Vertrauen ziehen. Langsam begebe ich mich auf die Suche nach ihr.

Zu Hause in Franken

Wieder ein Tag vergangen und immer noch keine Nachricht von Sybille und Hans. Renate flippt fast aus vor Nervosität, und das bekommen auch die Kinder zu spüren.

Helga war am Morgen da und hat Wäsche gewaschen. Pipa soll diese nun im Garten aufhängen. Leider sind selbst so banale Dinge für einen Teenager und deren Angehörige harte Proben. Folgendes passiert: „Pipa, kannst du bitte im Garten die Wäsche aufhängen? Klammern sind in der Speisekammer." Pipa nickt und macht sich auf den Weg, jedoch nur mit Wäschekorb, ohne Klammern. Nachdem die Wäschespinne steht, wird bemerkt, was vergessen wurde. Der Teenager geht also wieder rein und überlegt dabei, dass ein Eis bei diesen Temperaturen auch nicht schlecht wäre. „Pipa, was stehst du denn nun vor dem Eisfach, du sollst Wäsche aufhängen", ist Renate genervt. Mit Eis kann man sowieso keine Zwicker und die Wäsche anfassen, also geht sie wieder raus. An der Wäschespinne fällt ihr auf – Klammern vergessen. Also wieder rein. Irgendwie führen ihre Füße sie erneut zum Eisfach, sie bemerkt den Fauxpas und geht wieder in den Garten, ohne Klammern. „Das kann doch nicht wahr sein!", kommentiert Renate. Beim dritten Anlauf ist es dann endlich geschafft und die Wäscheklammern dürfen auch mit. Ihre Tante gießt sich einen starken Kaffee ein. Schnaps wäre ihr deutlich lieber, aber es ist noch zu früh am Tag. Außerdem wird sie heute Abend mit Eddie und den Kindern essen gehen. Ihr wird schon alleine bei dem Gedanken daran angst und bange. Sie hat mit beiden schon ein ernsthaftes Gespräch geführt und um gutes Benehmen gebeten. Es wurde heftig genickt.

Ratlos steht Renate nun vor dem kleinen Kleiderschrank im Gästezimmer und überlegt, ob sie nicht doch kurz nach Hause fährt. Ihr blaues Kleid würde fantastisch aussehen. Dabei könnte sie noch schnell an der Galerie vorbei und nach dem Rechten sehen. Sie telefoniert täglich mit Danielle, ihrer Geschäftsführerin, aber normalerweise ist diese es gewohnt, dass ihre Chefin sich mindestens einmal am Tag sehen lässt. Die beiden haben gleich zu Beginn ihrer Geschäftsbeziehung Arbeitsteilung vereinbart. Tagsüber führt Danielle die Galerie meistens alleine und bereitet in Zusammenarbeit mit Renate die Vernissagen und Empfänge vor. An den Wochenenden und Abenden übernimmt vorwiegend Renate. So profitieren beide. Ihre Geschäftsführerin hat eine kleine Tochter, um die sie sich am Abend und an den Wochenenden kümmern kann, und Renate hat tagsüber genügend Zeit für Kosmetik, Shoppen, Friseur und all die Dinge, die für eine Frau in ihren Kreisen so unglaublich wichtig sind.

Pipa klopft kurz an und stürmt schon zur Tür herein. „Was soll ich denn heute bloß anziehen?", fragt sie ihr Patenkind, als dieses sie vor dem Schrank findet. „Hm, wir gehen ja in kein piekfeines Restaurant, also brezel dich nicht zu sehr auf. Schnell sichtet sie die Kleidungsstücke ihrer Tante und zieht einen schwarzen Neckholder-Overall heraus. Dazu einen weißen Strickbolero und schwarze, halbhohe Sandalen.

„So, das ist figurbetont und sexy, aber trotzdem nicht drüber." „Mensch, Pipa, du bist einsame Spitze!", strahlt ihre Patin sie an. „Und was zieht ihr beiden an?" „Oh, mach dir mal um uns keine Sorgen. Tizian kriegt eine Jeans und ein kurzes Hemd und ich ziehe meinen schwarzen Rock und ein Top dazu an. Also bis später dann!" Gut gelaunt hüpft sie wieder aus dem Zimmer und Renate beginnt fast daran zu glauben, dass der Abend doch ganz schön werden kann. Pünktlich um halb sieben sitzen die drei im Auto und machen sich auf den Weg zur Gaststätte. Der Einfachheit halber hat Renate vorgeschlagen, sich dort zu treffen. Dann muss Eddie nicht durch die halbe Stadt kurven, Kindersitz umbauen und sie später wieder nach Hause chauffieren. Tizian beschäftigt gerade eine ganz wichtige Frage. „Tante Renate, warum sind Pinguine eigentlich nicht pink?" Seine Schwester kichert. „Das ist durchaus eine berechtigte Frage," weist sie den Teenager zurecht. „Ich denke, sie sind deshalb schwarz-weiß, weil sie damit am Südpol nicht ganz so auffallen. Wobei pink echt mal was anderes wäre." Tizian nickt und scheint mit der Beantwortung zufrieden.

Eddie erwartet sie bereits und umarmt Renate zur Begrüßung. Pipa und Tizian bekommen die Hand. Nachdem alle sitzen und Getränke bestellt haben, stellt Pipa fest.

„Also, nichts gegen deine Kochkünste, Renate, aber ich freue mich wirklich auf ein ordentliches Schnitzel." „Ich auch!", kräht ihr Bruder, und Renate wird rot. Zum Glück entgeht Eddie der sarkastische Unterton ihres Patenkindes. Alles in allem verläuft der Abend harmonisch. Was nicht zuletzt an der Neugier von zwei Kindern und Eddies enthusiastischen Erzählungen über seine riesige Farm liegt. So erfahren sie zum Beispiel, dass er Strauße, Merinoschafe und Rinder züchtet. Natürlich ist Renate auch begeistert und freut sich, dass die Kinder so viel fragen.

Auf diese Weise erfährt sie ganz nebenbei die wichtigsten Fakten, um sich ein Bild von Eddies Leben machen zu können.

„Der Viehtrieb ist immer besonders spannend. Weil die Weiden so groß sind und wir unsere Rinder mit dem Jeep manchmal nicht finden, greifen wir oft auf den Helikopter zurück." „Du hast deinen eigenen Hubschrauber?" Pipa ist ganz aus dem Häuschen und Tizian will natürlich gleich morgen einen Spielzeug-helikopter haben. „Nein, ganz so ist es nicht. Das ist ein Gemeinschaftshubschrauber der drei Farmer in meinem Bezirk." Das Essen schmeckt allen vorzüglich, und während Eddie und Renate einen Kaffee und die Kinder noch ein Eis genießen, schleicht sich seine Hand ganz heimlich zu ihrer. Sie freut sich über diese Geste und schenkt ihm ein strahlendes Lächeln. Tizian ist gerade dabei, Schokoladeneis auf seinem Hemd zu verteilen, und seine Tante versucht, Schlimmeres zu verhindern, als ihr Handy piepst. Oh, Gott sei Dank, bestimmt eine Nachricht von Sybille. Ein schneller Blick auf das Display verrät ihr, sie ist von Eddie, der schriftlich darum bittet, die Nacht mit ihr verbringen zu dürfen. Sofort wird sie rot und fühlt sich wieder in ihre Teenagerzeit versetzt, als die Eltern nichts von ihren heimlichen Treffen wissen durften. Ein Blick in seine Augen verrät ganz ähnliche Gedanken. So gerne sie auch würde, man kann doch nicht in einem fremden Haus mit zwei Kindern, die ihr anvertraut wurden, eine heiße Liebesnacht verbringen. Renate zuckt zur Antwort bedauernd die Schultern und tippt in das Handy: Es tut mir leid, die Kinder!

Enttäuschung zieht über seine Gesichtszüge hinweg wie ein kurzes, aber heftiges Gewitter, und schon ist sie bereit, ihre Worte zu widerrufen. Zur Hilfe kommt die Kellnerin mit der Rechnung, welche ihn kurzzeitig ablenkt. Dankbar erhebt sie sich schon mal und stupst die Kinder, damit sie sich bedanken für die Einladung. Vor den Autos stehen beide dann etwas bedrückt herum und betreiben Small Talk.

Schließlich haucht er ihr einen Kuss auf den Mund, bedankt sich für den schönen Abend und wünscht eine gute Nacht. Renate steigt ein und fährt mit einem flauen Gefühl im Magen nach Hause. Es kommt ihr vor, als hätte ihr Freund gerade Schluss gemacht. Dumm nur, dass sie offiziell noch gar nicht zusammen waren.

Sybille auf Reisen

„Ach, Kindchen, es tut mir weh, dich so zu sehen. Doch ich kann dir eigentlich nur raten, höre auf dein Herz." Mitleidig sieht Trudi mich an. „Aber das ist ja gerade das Problem. Das sagt gar nichts, na ja, es hat schon zu mir gesprochen, aber nur wirres Zeug. Mal ‚hü‘ zu Giovanni, dann wieder ‚hott‘ zu Hans, und jetzt ist es beleidigt und schweigt." Verzweifelt wische ich mir den Rotz von der Nase und schlürfe an der heißen Schokolade, die Trudi auf wundersame Weise sofort für mich parat hatte, als ich an ihrer Tür klopfte. Sie ist so lieb und fürsorglich, als Ersatzmama würde ich sie jederzeit adoptieren. Dabei hat die nette Dame bestimmt etwas anderes im Sinn gehabt, als sie und ihr Mann mich baten, ihre Reisebegleitung zu werden.

„Bei unserem Kennenlernen hast du uns erzählt, wie sehr du davon überzeugt bist, dass ihr all die Jahre eine gute Ehe geführt habt. Ist das nun nicht mehr so?" Nachdenklich sehe ich Trudi an. „Doch, bis zu dem Zeitpunkt, an dem ich mitansehen musste, dass mein Mann mich betrügt, habe ich das immer geglaubt." „Was hat sich verändert?"

„Alles!" Fassungslos sehe ich sie an, wie kann sie mir nur so eine Frage stellen?

„Was genau?"

„Zuerst einmal habe ich keine Ahnung, ob er mich nicht schon öfter betrogen hat, und selbst wenn nicht, wie kann ich ihm denn je wieder vertrauen?" Langsam steht Trudi auf und tritt ans Fenster.

„Jetzt nur mal angenommen, er hat dich wirklich nicht betrogen, würde das für dich etwas ändern?" Uff, jetzt hat sie mich aber erwischt! Ich laufe rot an und gebe kleinlaut zu: „Ich weiß es nicht. Mir macht einfach die ganze Situation zu schaffen."

„Das glaube ich. Wenn mir das mit Hermann passiert wäre, würde mich das auch aus der Bahn werfen. Aber trotzdem, überlege dir gut, ob du deine Ehe einfach so aufgeben möchtest. Dein Mann will es offenbar nicht, und zumindest eine Chance, sich zu erklären, solltest du ihm einräumen. Wie es danach weitergeht, wird man sehen."

Schon wieder fließen die Tränen und Trudi serviert mir noch eine Portion heiße Schokolade. So wenig es mir passt, aber ich komme mir gerade vor wie ein Teenager, dem man wieder einmal gehörig den Kopf zurechtgerückt hat. Mein Schluchzen wird jämmerlicher, weil mir bewusst wird, wie sehr ich meine Kinder und mein ganzes bisheriges Leben vermisse. Ich war wirklich glücklich und fühlte mich rundum geliebt. Was für eine Misere! Ich bedanke mich bei Trudi für alles und eile auf mein Zimmer. Höchste Zeit, die Kinder und Renate anzurufen. Bei meiner besten Freundin ist wohl eine Entschuldigung fällig.

Sofort nach dem ersten Klingeln höre ich schon die empörte Stimme von Renate. „Na, dass du dich überhaupt noch traust, hier anzurufen! Weißt du eigentlich, was ich mir für Sorgen um dich mache? Wäre eine kurze Nachricht etwa zu viel gewesen? Ist das der Dank dafür, dass ich deine Kinder hüte, versuche, deine Ehe zu retten, und mein Liebesleben dabei auf Eis liegt?" Puh! Das habe ich wohl verdient. „Hat es dir jetzt auch noch die Sprache verschlagen, oder was?!", raunzt Renate, als keine Antwort von mir kommt.

„Es tut mir leid, ich war so durch den Wind und habe dir übel genommen, dass du mir Hans hinterhergeschickt hast. Das habe ich als Verrat angesehen, schließlich solltest du doch auf meiner Seite sein." Ein bisschen bin ich immer noch verletzt, deshalb konnte ich mir diesen Nachsatz nicht verkneifen. „Schätzchen, das bin ich doch. Wenn ich nicht felsenfest davon überzeugt wäre, ihr zwei bekommt das wieder auf die Reihe, dann hätte ich Hans bestimmt nicht verraten, wo du dich aufhältst", reagiert sie prompt auf den Vorwurf.

„Aber was hat dich denn dazu bewogen?"

„Na, wenn du das nicht weißt. Inzwischen habt ihr euch doch hoffentlich ausgesprochen?" Mir wird übel und mein Gesicht glüht. „Nicht so richtig", murmle ich kleinlaut.

„Was willst du damit sagen?" Der drohende Unterton in ihrer Stimme gefällt mir gar nicht. Aber schließlich habe ich angerufen, um mich mit ihr zu versöhnen, und so wiederhole ich nun heute schon zum zweiten Mal, wie das Chaos sich seinen Weg durch mein Leben bahnt.

„Oh Mann, dich kann man wirklich nicht alleine lassen! Und du wirfst mir immer vor, beziehungsunfähig zu sein. Das kannst du in Zukunft getrost lassen.“

Nachdem ich aufgelegt habe, fühle ich mich getröstet und einsam zugleich. Renate hat mir keine Details verraten, denn sie ist nach wie vor der Meinung, Hans und ich müssen das alleine klären, aber immer wieder erwähnte sie, Hans und ich, wir schaffen das.

Es tat gut, wieder mit meiner besten Freundin zu reden, auch wenn das noch lange nicht die Lösung meiner Probleme bedeutet. Pipa habe ich versprochen, nicht mehr lange wegzubleiben.

Egal was morgen passiert, ich möchte so schnell wie möglich zu meinen Kindern zurück. Sie fehlen mir unerträglich.

Zu Hause in Franken

Pipa hat den Mama-Blues. Sie versucht natürlich, es sich nicht anmerken zu lassen, aber ihr Gesicht spricht Bände. Wortlos nimmt Renate das Mädchen in den Arm. „Das wird wieder. Glaube mir, in ein paar Wochen fragst du dich, ob das alles vielleicht doch bloß ein Traum war." Traurig blickt ihr Patenkind auf. Obwohl sie Sybille schon fast eingeholt hat, fehlen ihr zu Renate noch gute zehn Zentimeter. „Hoffentlich hast du recht, Tante." Aufgrund der trüben Stimmung lässt die Patin dieses Mal sogar das ungeliebte ‚Tante' ungesühnt. Tizian indessen vermisst seine Mutter hauptsächlich beim Schlafengehen. Ihm macht erstaunlicherweise mehr zu schaffen, dass nun auch noch Papa weg ist. Für Renate keine leichte Situation, was kann man einem Vierjährigen schon so alles erklären?

Zum Abendessen gab es Ravioli aus der Dose und Salat. Sowohl Pipa als auch Tizian waren wenig begeistert. Aber Renates Kochkunst ist eben begrenzt. Alles, was sie halbwegs kann, hat sie schon gekocht und das fand ebenso wenig Anklang wie heute das Dosenessen. Essen holen wird auf Dauer für drei bis vier Personen einfach zu teuer, wie Renate nun erfahren musste. Es ist schon etwas anderes, wenn man nur für sich selbst verantwortlich ist. Plötzlich schwirren ihre Gedanken darum, ob Pipa ihre Hausaufgaben ordentlich macht und Tizian auch genügend zu essen bekommt im Kindergarten. Zum Glück übernimmt das Waschen und Putzen nach wie vor Helga. Die resolute Dame hat sich als ein wahrer Schatz erwiesen. Zugegeben, manchmal gibt es Missverständnisse wegen ihres Dialekts, aber sie ist eine Bereicherung für den Haushalt und die Kinder mögen sie ebenfalls.

Diese sind jetzt endlich im Bett. Zumindest Tizian ist nach der vierten Gutenachtgeschichte endlich eingeschlafen. Pipa darf ja länger aufbleiben und tut, was Teenager eben so tun. Geschafft lässt sich Renate mit einem Glas Wein auf das Sofa fallen und legt die Füße hoch. Die Auswahl der Abendgestaltung schwankt zwischen Lesen und Fernsehen, als es klingelt. Seufzend schlurft sie zur Tür und sieht sich Eddie gegenüber: „Hallo, schöne Frau! Lust auf einen kleinen Schlummertrunk?" Dabei hebt er theatralisch eine Flasche Wein in die Höhe. Vor Scham möchte Renate am liebsten im Boden versinken. In ihrem grauen Jogginganzug, völlig unfrisiert und ohne Schminke muss sie ein fürchterliches Bild abgeben. Zudem ist es gute zwanzig Jahre her, als Eddie sie das letzte Mal ungeschminkt gesehen hat. Dieser scheint jedoch daran keinen Anstoß zu nehmen und drängt sich an ihr vorbei. „Oh, die Kinder schon im Bett?" Hört sie da etwa Enttäuschung heraus? „Tizian ist gerade eingeschlafen und Pipa macht noch Mädchenkram in ihrem Zimmer." „Aha, na dann sei so lieb und geb das den beiden morgen von mir, ja?" Sprachlos nimmt Renate einen kleinen Hubschrauber und eine wirklich schicke graue Jeanstasche mit bunten Perlen in Empfang. Eddie reißt bereits in der Küche sämtliche Schranktüren auf. „Was suchst du denn?", fragt Renate verblüfft. „Na, was wohl? Gläser! Oder möchtest du lieber aus der Flasche trinken?" Ein anzügliches Grinsen erhellt seine Gesichtszüge und Renate wird es ganz flau im Magen. Sofort ruft sie sich in Erinnerung, dass Kinder im Haus sind. Beherzt holt sie aus dem richtigen Schrank ein Glas und deutet mit dem Kopf zum Wohnzimmertisch, als ihr Eddies fragender Blick begegnet.

„Soso, du wolltest dich also alleine betrinken." „Was? Nein, die Kinder sind doch da. Aber gegen ein gutes Glas Wein nach einem langen Tag ist ja nichts einzuwenden." Dabei schenkt sie bereits ein. „Du bist aber heute empfindlich! Das war doch ein Scherz." Sie sitzen sich auf der Couch gegenüber und prosten sich mit einem tiefen Blick in die Augen zu. Wieder wird ihr ganz heiß.

„Schön, dass du da bist", sagt sie nach einem großen Schluck Rotwein und meint das auch so. Er strahlt. „Na, dann hatte ich ja die richtige Idee." Renate wird verlegen, was soll sie denn nun mit ihm anfangen? Schließlich ist das weder ihr Haus noch sind sie alleine. Seit ihrem ersten Date hatten sie eigentlich nie wieder die Gelegenheit, wirklich miteinander zu reden, vielleicht wäre jetzt der richtige Zeitpunkt, das nachzuholen. Als ob er gerade ihre Gedanken gelesen hätte, rutscht Eddie unruhig hin und her. „Hör mal, Renate, ich weiß, die Situation ist im Moment etwas schwierig." Er hebt die Hand, als sie ihn unterbrechen möchte. „Lass mich bitte ausreden. Wenn es dir nur halbwegs so geht wie mir, dann verstehst du bestimmt, dass ich mir unser Wiedersehen etwas anders vorgestellt habe."

Wieder möchte Renate etwas entgegnen, aber er legt die Hand auf ihr Knie und sieht sie beschwörend an. „Es nötigt mir eine Menge Respekt ab, dass du dich bereit erklärt hast, die Kinder deiner besten Freundin zu versorgen, wo ich doch genau weiß, wie gerne du unabhängig bist. Als wir neulich essen waren, konnte ich beobachten, wie du mit den Kindern umgehst und umgekehrt. Das hat mir mehr über dich verraten als vielleicht so manches Gespräch.

Du bist eine warmherzige, liebevolle und, wie ich mich erinnern kann, auch leidenschaftliche Frau. Alles Eigenschaften, die ich sehr schätze. Deshalb bin ich auch der Überzeugung, du bist die Richtige für mich." Renate wird krebsrot, was für ein tolles Kompliment, aber das soll doch wohl hoffentlich kein Antrag werden?

„Um Himmels willen, versteh mich nicht falsch, für einen Antrag ist es wohl noch etwas früh. Aber was hältst du von einer gemeinsamen Zukunft? Heirat nicht ausgeschlossen."

Kennen Sie diesen Gefühlszustand, als schwebe man auf Wolken und trotzdem kommt der Boden mit rasanter Geschwindigkeit näher? Es pumpt einem vor lauter Angst die Luft aus den Lungen und das Atmen ist einfach nicht mehr möglich. Man ringt verzweifelt nach Atem, obwohl man doch eigentlich vor Glück schreien möchte. Ungefähr so geht es Renate gerade. Wie versteinert starrt sie Eddie an und der schaut verängstigt zurück. „Pffft, uff, argh", drückt sie ihren Gemütszustand aus. „Ist alles okay? Soll ich einen

Arzt rufen? So langsam machst du mir etwas Angst." Bei dem Wort Arzt beginnen endlich wieder die kleinen Rädchen im Gehirn zu rattern. Diese haben dann auch in Sekundenschnelle verarbeitet, was Eddie ihr gerade offenbart hat, und jetzt hat es auch das warme Glücksgefühl geschafft, sich seinen Weg zu Renates Herz und Bauch zu bahnen. Jauchzend fällt sie dem nun völlig überrumpelten Eddie um den Hals und fällt mit ihm vom Sofa, wobei beide sich gehörig stoßen an diversen Ecken. Nachdem „umfallen vor Glück" von der Liste gestrichen wurde, nimmt sie „atemlos küssen" in Angriff, was ihr sehr gut gelingt. „Ja, ich will, und wie ich will. Ich hatte ja schon Angst, du möchtest mich nicht mehr. Dann reist du einfach ab und wir sehen uns nie wieder", dabei macht sie ein so trauriges Gesicht, dass er in helles Gelächter ausbricht. „Aber du weißt doch, wie toll ich dich finde. Glaubst du wirklich, ich komme von Australien, suche die ganze Stadt nach dir ab, treffe mich dann ein paarmal mit dir und das war's?" „Ja, so ungefähr," gibt Renate kleinlaut zu. „Na, du bist mir eine", sanft nimmt er sie in den Arm und der nun folgende Kuss ist ein Versprechen auf mehr.

Das untrügliche Gefühl, dass dies der Anfang einer wirklich wunderbaren Zeit ist, macht sich immer mehr breit in ihr, und obwohl die Kinder im Haus sind, geht Renate in dieser Nacht nicht alleine in ihr Bett.

Sybille auf Reisen

Ich habe schlecht geschlafen. Wenn ich doch einmal eingenickt bin, dann habe ich nur wirres Zeug geträumt und
ich fühle mich absolut zerschlagen. Was meine Laune auch
nicht gerade verbessert? Giovanni hat vor fünf Minuten an
meiner Tür geklopft, um mir den Kaffee zu bringen. Verdammt, warum muss das Leben manchmal so unfair sein?
Er sah natürlich wieder einmal zuckersüß aus und ich fühle
mich wie der schlechteste Mensch auf Erden, ihn so behandelt zu haben. Wie konnte ich mich nur dermaßen gehen
lassen?

Aber der Tag wird – fürchte ich - so weitergehen, wie er
bereits angefangen hat. Zuerst muss ich herausfinden, wo
Hans wohnt. Natürlich wäre es einfach, ihn anzurufen oder
eine Nachricht zu schicken, dass ich mit ihm sprechen
möchte. Irgendwie sagt mir aber mein Bauchgefühl, es wäre
besser, einfach vor der Tür zu stehen. Nach einer kurzen
Dusche betrete ich halbwegs vernünftig aussehend die Veranda. Trudi und Hermann sitzen schon beim Frühstück
und sind erfreut, mich zu sehen. Doro schenkt mir noch
einen Kaffee ein und sieht mich prüfend an. Ich beschließe,
gleich mit der Tür ins Haus zu fallen. „Guten Morgen,
weißt du vielleicht, in welchem Hotel oder welcher Pension
mein, äh, Hans wohnen könnte?" Nun werde ich doch rot.
Immerhin ist Doro Giovannis Mutter und es kann ihr nicht
ganz verborgen geblieben sein, was sich zwischen ihm und
mir abgespielt hat. Aber sie lächelt und meint: „Hm, mal
sehen, wir haben hier nicht so viele Unterkünfte, aber ich

kenne die Besitzer und könnte, wenn du willst, mal ein bisschen telefonieren." Erleichtert atme ich auf.

„Das wäre wirklich sehr nett von dir." „Gut, dann lasst euch das Frühstück schmecken, ich bin am Telefon." Verlegen sehe ich zu meinen Mitreisenden, aber auch die scheinen mir nicht zu zürnen. Hermann tätschelt kurz meine Hand und Trudi grinst. Anscheinend wissen sie mehr als ich. Aber ich bin ja auch noch nicht so lange verheiratet, und wenn das Gespräch wieder in die Hose geht, werde ich es wahrscheinlich auch nie sein. Bei diesem Gedanken vergeht mir der Hunger. Doch Trudi blickt bedeutungsvoll auf mein Panini und ich fühle mich wieder einmal wie meine eigene Tochter. So langsam entwickle ich wirklich ein anderes Verständnis für sie.

Mir dämmert wieder, wie es ist, wenn man sich erwachsen und selbstständig fühlt, aber jeder um dich herum zu wissen glaubt, was das Beste für dich sei. Das Schlimmste daran ist, dass sich meistens herausstellt, die anderen haben es besser gewusst! Was für ein furchtbares Gefühl. Ich nehme mir fest vor, ein paar klärende Mutter-Tochter- Gespräche zu führen, sobald ich wieder zu Hause bin.

Gerade schlucke ich den letzten Bissen hinunter und spüle mit Kaffee nach, da erscheint Doro wieder. „Du hast Glück, dein Hans ist noch nicht abgereist. Er ist in einem Hotel an der Piazza San Felice. Du kannst es kaum verfehlen, es ist ein schöner, alter Backsteinbau und steht auf einem Hügel."

Ich danke ihr und erhebe mich mit einem flauen Gefühl im Magen. Ob das nun von dem ungewollten Frühstück oder der Aufregung kommt, kann ich nicht sagen. „Das wird schon, du wirst sehen", muntert Trudi mich auf und Hermann nickt kräftig. Doro drückt mir kurz den Arm und ich fühle mich gleich noch ein bisschen mieser wegen Giovanni.

Vielleicht sollte ich deswegen mit ihr reden. Aber ein Schritt nach dem anderen, jetzt gehe ich erst einmal zu Hans.

Auf dem Weg zum Hotel male ich mir die verschiedensten Szenarien aus und versuche im Kopf Möglichkeiten eines Gesprächs durchzuspielen. Aber mal ganz ehrlich, wenn man nicht weiß, wie das Gegenüber reagieren wird, sind solche Versuche ziemlich dämlich. So stehe ich nun auch wie Falschgeld vor dem wunderschönen Bau, der tatsächlich einfach zu finden war, und weiß nicht so recht, was zu tun ist. Das Schicksal kommt mir zu Hilfe, denn gerade tritt Hans aus der Tür. Als er aufblickt, erhellt sich seine Miene für eine Millisekunde, um sich daraufhin sofort zu verfinstern. Oh je, das sind keine guten Voraussetzungen. All meinen Mut zusammennehmend, trete ich auf ihn zu. „Guten Morgen!", krächze ich. Meine Stimme ist wohl noch nicht bereit für eine Aussprache. „Willst du dich von mir verabschieden?" Erstaunt blicke ich ihn an. „Du reist ab?" Unwillig schüttelt Hans den Kopf. „Was dachtest du denn, nach deinem Auftritt von gestern? Deine Worte waren ja wohl kaum misszuverstehen. Mag sein, dass mir dein

Zorn recht geschieht, und ich kann sogar deine Schwärmerei für diesen Italiener nachvollziehen, nachdem du so verletzt warst, aber mich einfach stehen zu lassen ohne die Chance einer Aussprache, das habe ich nicht verdient." Mein Gemütszustand schwankt nach diesen Worten zwischen Betroffenheit und Wut. Ich spüre schon, wie die Wut sich einen Weg in meine Eingeweide bahnt, da höre ich Trudis Stimme: „Überleg dir gut, ob du deine Ehe einfach so aufgeben möchtest. Dein Mann will es offenbar nicht, und zumindest eine Chance, sich zu erklären, solltest du ihm einräumen. Wie es danach weitergeht, wird man sehen."

Ja, das waren ihre Worte und er hat sie im Grunde gerade wiederholt. „Es tut mir leid. Ich habe mich ganz fürchterlich danebenbenommen. Aber ich bin hier, weil wir reden sollten und ich deine Version hören möchte. Dieses Mal werde ich auch nicht ausflippen oder unterbrechen." Mit vielen Reaktionen habe ich gerechnet, aber nicht mit dieser. Hans dreht sich auf dem Absatz um und kehrt zurück ins Hotel. Sprachlos starre ich die sich schließende Tür an. War es das? Sieht so etwa das Ende meiner Ehe aus? Mein Kampfgeist regt sich fast augenblicklich. Durch diesen Abgang habe ich endgültig begriffen, dass ich Hans nicht verlieren will. Wie der Teufel renne ich hinter ihm her und rumple dabei fast einen anderen Hotelgast um, als dieser gerade aus der Tür treten möchte. „Oh, sorry", murmle ich verlegen und hetze auch schon weiter, nur um am Empfang eine Vollbremsung einzulegen.

„Hans Wurst, Zimmernummer?", schnaufe ich der freundlichen Dame entgegen. Diese kann sich ein Lachen kaum verkneifen und erklärt: „ventitre", dabei deutet sie auf den Aufzug. Also schlittere ich auf dem glatten Boden dort entlang und warte gefühlte Stunden, bis die Türen sich öffnen und ich zum zweiten Stock hinaufgebracht werde. Kaum ausgestiegen, suche ich im Laufschritt Zimmer dreiundzwanzig. Vor der Tür bekomme ich dann doch kurz Muffensausen, aber nachdem ich einmal tief Luft geholt habe, erhebe ich meine rechte Hand und klopfe lautstark. Nichts rührt sich. Ich klopfe erneut und wieder und wieder. Erst bin ich wütend, dann verzweifelt. „Bitte, Hans, rede mit mir. Gib mir nur noch diese eine Chance. Wenn dir noch etwas an mir und unserer Ehe liegt, dann mach diese Tür auf. Bitte!" Mittlerweile schluchze ich und bin wohl kaum noch zu verstehen.

Einige Bewohner sind schon an mir vorbeigegangen und sehen mich mit mitleidigen Blicken an. Ich will gar nicht wissen, was die von mir denken. Kraftlos lasse ich mich an der Tür hinuntergleiten und sitze dort, den Kopf auf den Knien, vom Weinen geschüttelt. Da berührt mich eine Hand sanft am Arm. Als ich aufblicke, schaue ich geradewegs in das besorgte Gesicht von Hans.

„Du? Aber wie bist du hierhergekommen? Also, ich meine, du warst doch da drin und ich hier draußen?" „Nein, Sybille, ich kann viel, aber nicht durch Türen und Wände gehen. Ehrlich gesagt brauchte ich Zeit zum Nachdenken. Das gestern war schon sehr heftig und deshalb habe ich mich in den Garten zurückgezogen, um zu entscheiden, ob es überhaupt Sinn macht, noch ein Gespräch zu führen." Meine Frage, wie er sich entschieden hat, will mir einfach nicht über die Lippen kommen, deshalb sehe ich ihn einfach nur tränenblind an. „Bis gerade eben war ich mir sicher, es sei wohl besser, abzureisen. Aber jetzt sehe ich dich weinend hier sitzen und anscheinend ist dir unsere Ehe oder ich doch nicht so egal. Deshalb ..." Eine lange Pause entsteht und ich halte die Luft an und befürchte trotz seiner Worte das Schlimmste. „Deshalb", nimmt er den Faden wieder auf, „lass uns irgendwo hingehen, wo wir ungestört sind und in Ruhe miteinander reden können." Langsam nicke ich. Am liebsten würde ich ihm um den Hals fallen, so erleichtert bin ich gerade, aber vielleicht sollte ich noch ein bisschen warten. Da ich nicht genau weiß, was mich so alles erwartet, könnte es sein, dass ich zu voreilig bereit bin, ihm zu verzeihen.

Zu Hause in Franken

Renate wollte nicht, dass die Kinder Eddie am nächsten Morgen zu Gesicht bekommen, und hat ihn deshalb noch vor dem Wecker klingeln hinausgescheucht. Er hat es verstanden, wenngleich man ihm ansah, dass er gerne noch geblieben wäre. Nun sitzt sie mit Pipa und Tizian beim Frühstück. Der Kleine plappert schon munter, was ihn heute so alles im Kindergarten erwartet. Pipa muffelt noch vor sich hin. Sie ist nicht wirklich ein Morgenmensch. Trotzdem bemerkt sie die Veränderung an ihrer Tante: „Du strahlst ja heute Morgen so. Was ist denn gestern Nacht noch passiert? Hast du vielleicht was von Mama und Papa gehört?" Ein Stich in der Magengrube sagt ihr, dass sie nicht so glücklich sein sollte, während ihre beste Freundin um ihre Ehe kämpft.

„Nein, leider nicht, aber ich hatte gestern noch Besuch", erwidert sie geheimnisvoll. „Ach, dachte ich doch, dass ich die Klingel gehört hätte, und wer war es?" „Eddie", stellt ihre Patin fest. „Mann, jetzt lass dir nicht alles aus der Nase ziehen, kannst du vielleicht ein bisschen mehr sagen? Das ist doch ätzend!" „Na, ich verbitte mir diesen Ton! Aber weil ich heute so gut drauf bin, erzähle ich es dir." Und so berichtet Renate über Eddies überraschendes Geständnis und seinen Wunsch auf eine Zukunft mit ihr. Gewisse Details und die Übernachtung lässt sie dabei geflissentlich im Sinne des Jugendschutzes unter den Tisch fallen.

„Wow, voll fett!", erklärt Pipa in breiter Jugendsprache.

„Äh, sag mal, ziehst du dann nach Australien?", fragt sie vorsichtig. „So weit ist es noch nicht, aber ich denke, es ist sehr wahrscheinlich, ja. Obwohl ich mir im Moment nicht vorstellen kann, ohne meine Galerie zu sein und im australischen Outback umgeben von Tieren und anderen Dingen zu leben." Dies kommt so theatralisch, dass Pipa einen Lachkrampf bekommt und Renate ebenfalls ansteckt. Tizian schaut beide an, als wären sie komplett durchgedreht. Er hat von der Unterhaltung schlichtweg nichts mitbekommen. „Da fällt mir ein, Eddie hat ja was für euch dagelassen!" Feierlich werden die Mitbringsel überreicht.

Die Tasche und der Hubschrauber finden großen Anklang. Tizian will sofort wissen, ob Eddie ihn mal in einem echten Hubschrauber mitnimmt. Ausweichend erklärt Renate, dass der ja in Australien sei und man erst einmal dorthin reisen müsse.

Daraufhin erhält sie bis zur Ankunft im Kindergarten einen ziemlich aufschlussreichen Bericht des Vierjährigen, wie er sich eine Reise nach „Astralin" vorstelle und was es dort alles gäbe.

Sybille auf Reisen

Olivenhaine und Weinberge umgeben das malerisch auf einem Hügel gelegene Hotel. Schnell hat Hans eine Decke, eine Flasche Wasser und zwei Gläser organisiert. Am schattigen Rand eines Olivenhaines breiten wir uns aus. Wenn die Lage nicht so ernst wäre, könnte es an diesem Ort wirklich romantisch sein. Von hier oben hat man einen wundervollen Blick ins Tal und auf seine schönen Kirchen. Die Landschaft ist malerisch. Hätte ich auch nur einen Funken künstlerisches Talent im Leib, käme ich hierher und würde malen, bis meine Finger glühen. Aber so beschränke ich mich darauf, die Unterschiedlichkeit der Grünschattierungen und das sanfte Auf und Ab der Landschaft zu bewundern. Der tiefe Wunsch, noch einmal hierher zurückzukehren, regt sich in mir. Vielleicht eines Tages, wer weiß?

„Es ist traumhaft hier, nicht wahr?", spricht Hans meine Gedanken aus. Das genügt, schon kullern bei mir wieder die Tränen. „Was ist nur mit uns passiert, Hans? Ich dachte immer, wir lieben uns und sind glücklich miteinander. Fehlt dir etwas bei mir?" Laut schniefe ich und suche vergeblich nach einem Taschentuch. Somit wische ich mir ganz undamenhaft den Rotz an einem Zipfel meines T-Shirts ab. Nicht gerade die beste Methode, wenn man seinen Mann zurückgewinnen will, aber im Kampf gegen eine laufende Nase durchaus wirkungsvoll.

„Ach, Sybille, nichts fehlt, außer mehr Zeit mit meiner Familie. Das ist auch genau der Punkt. Es war ein Riesenfehler, nicht von Beginn an mit offenen Karten zu spielen. Lydia hat mir immer wieder gesagt, wäre sie an deiner Stelle, sie würde ihrem Mann den Hals umdrehen. Schließlich betrifft so eine Entscheidung uns alle.

Doch ich habe alle ihre Warnungen in den Wind geschlagen, aber nicht, weil ich etwas mit Lydia hatte. Es sollte einfach eine Überraschung werden. Ich habe mir ausgemalt, wir fahren zusammen in den Urlaub und du sagst irgendwann, wie schön es ist, einmal so viel Zeit mit mir zu verbringen, und daraufhin meine ich leichthin, so wird es in Zukunft wohl auch sein. Dein freudig überraschtes Gesicht hat mir in meiner Fantasie so viel Vergnügen bereitet, dass ich blind und taub für alle Argumente war." Ich weiß nicht, was ich von dieser Erklärung halten soll, obwohl doch alles recht plausibel klingt. Außerdem habe ich ungefähr die gleiche Geschichte ja schon das erste Mal gehört, nachdem ich annahm, dass die beiden eine Affäre haben. Trotzdem kann ich das Bild meines Ehemannes, eng umschlungen mit Lydia vor dem Hotel, nicht aus meinem Kopf verbannen. „Bis dahin glaube ich die Geschichte, doch das rechtfertigt die Szene vor dem Hotel in keinster Weise!" Gegen meinen Willen bin ich laut geworden. Noch immer fühle ich mich tief verletzt und wütend. Hans scheint das zu spüren und nimmt sanft meine Hand. Bei dieser zarten Berührung rieselt ein angenehmer Schauer durch mich hindurch, doch nach wenigen Sekunden ziehe ich die Hand wieder zurück. „Du hast etwas gesehen, was für einen Außenstehenden, in dem Fall dich, wahrscheinlich tatsächlich nach mehr ausgesehen haben muss, als es war." „Kannst du vielleicht ein kleines bisschen deutlicher werden?"

Tief holt Hans Luft und erklärt mir ausführlich wie es zu der zweideutigen Situation kam. „Das war alles", endet er schließlich. Zweifelnd sehe ich meinen Mann an.

„So, so, alles. Ihr seid in ein Taxi gestiegen und du hattest die ganze Zeit deine Hände an ihr." Langsam komme ich mir schon vor wie ein Kommissar beim Verhör eines Schwerverbrechers, aber noch bin ich mir nicht sicher, ob nicht doch alles einfach erfunden ist.

„Ich habe dir doch gerade erzählt, wir haben beide getrunken! In Japan ist es mehr als unhöflich, wenn man ein angebotenes Getränk nicht annimmt. Sollten wir in diesem Zustand etwa fahren?" „Hast du nicht gesagt, der Firmensitz ist hier in Deutschland? Deine Hände an ihrem Körper!"

„Mensch, Sybille, du machst mich echt fertig! Ja, die Firma ist in Franken, aber der Besitzer und die halbe Belegschaft sind Japaner und diese pflegen nun mal ihre Traditionen. Meine Hände halfen einer Frau, die sehr angetrunken war. Ich habe mir gar nichts dabei gedacht, verdammt noch mal!"

Hans ist bei seiner Ausführung aufgesprungen und marschiert nun hin und her. Ab und zu bleibt er stehen, rauft sich kurz die Haare, um dann seinen Marsch fortzusetzen. Er ist wütend, aber ich auch. Doch er fehlt mir und ich liebe ihn und genau das sage ich dann auch. Hans fällt auf die Knie und nimmt meine Hände: „Mir geht es doch genauso. In der letzten Woche habe ich erst gemerkt, wie sehr wir zusammengehören und wie schrecklich ein Leben ohne dich wäre. Bitte, Sybille, verzeih mir einfach alles. Es war dumm von mir, so zu handeln und unsere Liebe dadurch in Gefahr zu bringen." Diese blöden Tränen bahnen sich schon wieder ihren Weg. „Gib mir ein bisschen Zeit, okay? Ich möchte in Ruhe über alles nachdenken können.

Wollen wir uns heute zum Abendessen treffen?"

„Ja, sehr gerne, ich hole dich um sieben ab."

Gemeinsam treten wir den Rückweg zum Hotel an. Hans möchte mich zur Pension bringen, doch ich lehne ab. Jetzt brauche ich Ruhe zum Nachdenken, ich möchte unser Gespräch noch einmal Revue passieren lassen und dann natürlich auch mit meiner besten Freundin und Trudi darüber reden. Das alles ändert aber nichts an der Tatsache, dass ich mich auf den Abend freue. Noch längst habe ich Hans nicht verziehen, aber wir sind auf einem guten Weg.

„Juhu! Na, dann war mein voller körperlicher und geistiger Einsatz in deinen heiligen Hallen ja nicht umsonst. Wann kommst du wieder?" Renate ist ganz aus dem Häuschen. „Das weiß ich noch nicht. Ich habe ihm erstens noch nicht verziehen und zweitens gibt es noch so einiges zu bereden. Ich denke, ein paar Tage brauchen wir noch, oder zumindest ich. Aber ihr fehlt mir alle wirklich sehr." „Ja, du den Kindern und mir natürlich auch."

Renate erzählt mir von Eddies Überraschungsbesuch und dem Verlauf des Abends. „Was soll man dazu sagen? Meine beste Freundin, Single aus Überzeugung, gedenkt, sich zu binden und eventuell sogar auszuwandern."

„Na, da habe ich wohl noch ein bisschen Zeit. Jetzt müssen wir erst einmal sehen, ob das mit uns überhaupt funktioniert, und dann ... Kannst du dir mich in Australien vorstellen?"

„Ehrlich gesagt, nein", antworte ich wahrheitsgemäß. „Aber wie soll denn das dann ablaufen? Ich meine, Australien ist ja nun nicht gerade bei uns um die Ecke." Schwer seufzt es am anderen Ende und das verrät mir eine Menge.

Zu Hause in Franken

Freudig und traurig zugleich legt Renate auf. Es wird wohl ziemlich schwer werden, eine Entscheidung zu treffen, wie ihr zukünftiges Leben mit Eddie aussehen soll. Doch im Moment schiebt sie das erst einmal beiseite, denn es warten so undankbare Aufgaben wie Mittagessen kochen und Wäsche wegräumen auf sie. Zum Glück war Helga gestern da und hat gewaschen und gebügelt. Ein Blick auf die Uhr verrät, es ist erst elf. Also noch Zeit genug, um kurz in der Galerie nach dem Rechten zu sehen. Auf dem Nachhauseweg steht ein Dönerstand. Das mag Pipa gerne und zu Mittag genügt es. Für den Abend aber wird sich Renate etwas einfallen lassen müssen. Die beiden meutern in letzter Zeit nur noch. Pipa steht sogar fast jeden Tag freiwillig in der Küche und versucht, etwas zu kochen. Das Problem dabei ist, der Kühlschrank gibt nicht viel her. Als absolut unerfahrene Hausfrau ist sogar das Einkaufen für Renate eine Katastrophe. Deshalb bleibt es dann doch meistens bei Dosenessen mit Salat oder Rühreiern. Nicht gerade zufriedenstellend, aber der große Silberstreif am Horizont ist endlich aufgetaucht, in wenigen Tagen übernimmt Sybille wieder das Regiment.

In der Galerie ist alles in bester Ordnung.

Zwei Tage noch, dann soll eine große Sonderausstellung eines zur Zeit sehr angesagten Künstlers stattfinden. Renate verspricht am morgigen Vormittag und tags darauf anwesend zu sein. Sie hat keine Wahl, bei diesem Event muss sie sich blicken lassen. Wie das allerdings mit den Kindern werden soll, steht noch in den Sternen. Bepackt mit Döner und Sushi sperrt sie gerade die Haustür auf, als ihr jemand von hinten auf die Schulter tippt. Sie dreht sich um und lässt vor Schreck beinahe die Tüten fallen.

Hinter ihr steht Lydia, an der Leine ein Riesenhund, der begierig mit seiner Schnauze nach den Tüten lechzt.

„Kann ich Ihnen was abnehmen?", fragt diese und schiebt Renate schon fast ins Haus hinein. „Äh, eigentlich kommt Pipa gleich und es gibt Mittag." Was für eine lahme Ausrede, aber die einzige, die ihr gerade einfällt. Wenn es jemanden gibt, mit dem sie sich gerade nicht befassen möchte, dann Lydia. „Gut, ich helfe Ihnen. Stört Purzel? Ich kann ihn auch im Vorgarten anbinden, aber ich fürchte, er verbellt dann die komplette Nachbarschaft."

Sowieso schon im Hausflur, nickt Renate nur und deutet mit dem Kopf in Richtung Küche. Purzel wurde inzwischen von der Leine gelassen und benutzt seine Nase als Staubsauger. Zuerst untersucht er die Küche, dann den Rest der Wohnräume. Allerdings scheinen sein Körper und der ständig wedelnde Schwanz für die Möblierung zu groß zu sein. Überall wackelt es oder der Hund klemmt zwischen Sofa und Tisch. Lydia scheint davon ziemlich unbeeindruckt, dirigiert Purzel in eine Nische unter der Treppe und bedeutet ihm, Platz zu machen. „So, der ist verstaut", stellt sie zufrieden fest. Renate möchte nicht unhöflich sein, aber am liebsten würde sie fragen: „Was tust du hier?"

Auf die unausgesprochene Frage kommt prompt die Antwort: „Ich würde normalerweise nicht stören, aber ich brauche dringend ein paar Unterlagen, die Hans wohl noch hier hat. Im Geschäft kann ich sie jedenfalls nicht finden." Perplex schaut Renate die Frau an. „Weder Sie noch ich werden in seinen Unterlagen wühlen!" Erstaunt gibt Lydia zurück: „Das ist auch gar nicht nötig, ich habe gestern mit ihm telefoniert und er hat mir gesagt, wo alles liegt. Notfalls solle ich mich noch einmal melden." „Dann werden wir genau das auch tun. Anrufen, meine ich. Ich weiß, das hört sich nach Misstrauen an, aber wie Sie vielleicht wissen, ist er in Italien, um sich mit Sybille auszusöhnen, ich möchte einfach alles, was erneut Ärger geben könnte, vermeiden."

„Ja, das kann ich gut verstehen. In Ordnung, rufen wir ihn an." Keine fünf Minuten später ist Renate voll im Bilde.

Als Pipa von der Schule kommt, findet sie Lydia und Renate bei einem Kaffee plaudernd in der Küche, wobei sie schon beim Betreten des Hauses wusste, wer da ist, denn Purzel hat es sich nicht nehmen lassen, wie ein geölter Blitz zur Tür zu rennen und Pipa stürmisch zu begrüßen. „Schöne Grüße von Konstantin, Pipa, er fragt, wann du mal wieder bei uns vorbeischaust?" Eine leichte Röte überzieht die Wangen des Teenagers. „Bald, hoffe ich, wenn meine Mama wieder da ist, denke ich", stammelt sie verlegen. Lydia nickt wissend und Renate hilft Pipa aus der unangenehmen Situation, indem sie das Mittagessen überreicht. „Boah, Döner! Also weißt du, Tante Renate, mit dir gewöhne ich mir glatt noch das Fast-Food-Essen ab", stöhnt diese.

„Ich kann eben nicht kochen, und selbst wenn ich wollte, ich bin einfach völlig überfordert mit Einkaufen und dem ganzen Kram." Erstaunt horcht Lydia auf. „Wie haben Sie sich denn bisher ernährt?" Das ist schnell erzählt und die Geschäftspartnerin von Hans lacht hell auf. „Oh weh, ich würde euch ja gerne mitversorgen, aber dazu reicht meine Zeit nicht aus. Im Moment habe ich zusätzlich die Kunden von Hans und da muss meiner Familie abends manchmal auch ein Brot reichen. Doch die beiden Männer bekommen das prima hin und Konstantin ist ja schon groß. Aber meine Freundin, die hat eine Siebenjährige und einen Fünfjährigen und ist berufstätig. Da ist Kochen echt ein Abenteuer, sage ich euch."

Pipa hat eine Idee. „Was hältst du denn von einem Kochkurs, Patin? Ich meine, für dich und mich. Mama zeigt mir zwar viel in der Küche, aber es wäre doch toll, wenn ich sie überraschen könnte, öfter mal zu kochen, und du solltest es auch endlich lernen", endet sie vorwurfsvoll. Renate steht das Entsetzen, Lydia die Begeisterung ins Gesicht geschrieben. „Ich kenne jemanden hier aus der Gegend, der gibt Kochkurse und die sind immer sehr beliebt, wenn ihr wollt, rufe ich gleich einmal an!", bietet Lydia an. „Oh ja", freut sich Pipa. „Oh nein", seufzt Renate. Nach einem kurzen Telefonat ist es amtlich. Schon morgen werden die beiden ihren ersten Kochkurs haben. Es seien gerade zwei Teilnehmer wegen Krankheit abgesprungen.

Welch ein Glück. „Ich muss aber in die Galerie, übermorgen ist doch die Sonderausstellung", jammert die Patentante. „Ach, eine Stunde oder zwei kannst du da schon mal weg", winkt Pipa ab.

Lydia schreibt Adresse und Uhrzeit auf, fängt Purzel ein und macht sich auf den Heimweg, jedoch nicht, ohne noch einmal über die Schulter zu rufen: „Konstantin würde sich wirklich freuen, wenn du mal kommst." Wieder läuft der Teenager rot an und erwidert: „Sag ihm, er kann mich gerne anrufen." Schnell spurtet sie zur Treppe, doch Renate ist schneller und fasst sie beim Arm. „Sag mal, ist mir da was entgangen? Ihr habt doch am Anfang recht häufig miteinander telefoniert."

Verlegen blickt das Mädchen zur Seite.

„Ja, aber nachdem Mama weg war – und ich ahne, warum – , war es irgendwie komisch, mich bei ihm zu melden. Da habe ich einfach nicht zurückgerufen und nicht mehr geschrieben." „Aber du magst Konstantin und Lydia, stimmt's?", hakt Renate nach. „Ja, ich finde beide nett und deshalb ist es ja so blöd. Aber wenn Mama wiederkommt, ist hoffentlich wieder alles in Ordnung." Renate bringt es nicht übers Herz, ihr zu erklären, dass manche Dinge Zeit brauchen und sie nicht sicher ist, ob wirklich wieder alles in Ordnung kommt. „Was ist eigentlich mit diesem René aus deiner Parallelklasse?", lenkt sie schnell ab. „Der ist auch toll. Aber irgendwie kriegen wir es nicht hin. Vielleicht liegt es daran, dass wir auf die gleiche Schule gehen. Das scheint kompliziert zu werden." Zerknirscht schaut sie auf ihre Füße. „Das muss es nicht. In deinem Alter und manchmal auch noch in meinem sieht man die Dinge oft dramatischer, als sie sind. Freue dich darüber, dass zwei Jungs dich nett finden, und was daraus mit wem entsteht, wird sich zeigen. Deine alte Tante kann dir nur einen klugen Rat geben. Lass dir Zeit in deinen Entscheidungen, wenn du dir aber im Herzen sicher bist, dann zögere nicht." „Danke!", stößt Pipa hervor und drückt ihre Patin ganz fest, bevor sie nun endgültig die Treppe hinauf und in ihr Zimmer stürmt.

Sybille auf Reisen

Pünktlich um sieben steht Hans vor der Pensionstür und wird mit unerwarteten Empfangskomitee konfrontiert. Alle außer Giovanni haben sich auf der Terrasse versammelt. Ob nun mit Absicht oder zufällig, jedenfalls sieht sich mein Mann nun neugierigen Blicken gegenüber. Nachdem ich ihn durch mein Zimmerfenster schon habe kommen sehen, eile ich die Treppe hinunter. So gern ich alle habe, aber es wäre mir doch sehr unangenehm, wenn sie Hans mit Fragen überfallen. Zumindest im Moment tut es nichts zur Sache, dass Trudi und Hermann alles wissen und Doro einen Teil. Außerdem möchte ich gar nicht erst herausfinden, wie er auf Doro reagiert, wenn er erfährt, dass sie Giovannis Mutter ist. „Hallo, schön, dass du mich abholst", strahle ich ihn an, hake mich bei ihm unter und zerre schon fast an seinem Arm, damit wir gehen. „Euch allen einen schönen Abend!", ruft er über die Schulter und ich werfe ein entschuldigendes Lächeln für mein Verhalten hinterher. Morgen beim Frühstück werde ich mit Fragen bombardiert, doch jetzt freue ich mich erst einmal auf den heutigen Abend. Wir finden ein lauschiges kleines Lokal, in dem Fisch und Pasta frisch zubereitet werden. Bis das Essen kommt, unterhalten wir uns über die Gegend und warum es mich ausgerechnet hierher verschlagen hat. Hans lacht, als ich ihm meine erste Begegnung mit Trudi und Hermann schildere, und er gibt zu, er wäre wahrscheinlich an meiner Stelle auch mit den beiden gereist. „Sie sind so liebenswert und waren die ganze Zeit über wie ein zweites

Elternpaar zu mir. Das hat mir sehr gutgetan." Er nickt verständnisvoll. Unser Essen wird serviert und ich genieße meinen Fisch mit Linguine und Zucchini. Es schmeckt vorzüglich. Hans hat sich für „Pasta frutti di mare" entschieden und auch er ist ganz begeistert. Nach dem Essen und einem Ramazotti sitzen wir nun bei einem Glas Rotwein. „Wie lange hatten wir keinen solchen Abend mehr für uns?", frage ich ganz unvermittelt. Nachdenklich wiegt Hans den Kopf, greift über den Tisch nach meiner Hand und meint: „viel zu lange." Sofort werde ich traurig. „Ist das der Grund? Hatten wir zu wenig Zeit füreinander? Oder bin ich zu langweilig geworden?" Erstaunt und verletzt zugleich sieht Hans mich an. „Sybille, ich habe dir doch schon gesagt, dass ich nichts mit Lydia hatte und auch niemals etwas mit einer anderen Frau haben werde. Ja, wir sind schon lange verheiratet und natürlich schleicht sich da der Alltag ein und man ist vielleicht manchmal auch nicht mehr so aufmerksam wie früher, aber das ändert nichts daran, dass du immer noch meine Traumfrau bist und ich dich liebe. Glaubst du mir das?" Tränen schießen mir in die Augen. Bisher habe ich ihm das geglaubt und es auch gefühlt. Aber jetzt weiß ich einfach nicht mehr, was ich denken oder fühlen soll, und das sage ich ihm auch. „Wenn ich könnte, würde ich auf der Stelle alles rückgängig machen, aber das kann ich leider nicht. Was soll ich tun? Soll ich Lydia entlassen?" „Nein! Zumindest im Moment nicht. Ich weiß ja noch nicht einmal, wie ich gerade zu ihr stehe. Ach verflixt, Hans. Auf der einen Seite glaube ich dir ja, aber es hat mich einfach so tief getroffen und verletzt, euch so zu sehen. Kannst du dir das denn nicht vorstellen?" „Ja, sehr lebhaft sogar, denn es war für mich bestimmt kein Vergnügen, dich mit diesem Giovanni zu sehen." Peinlich berührt blicke ich auf den Tisch. Er hat recht, wer bin ich eigentlich, mich so aufzuspielen, wo ich doch keinen Deut besser gehandelt habe als er. Da ich mittlerweile sogar ziemlich sicher bin, dass Hans mir die Wahrheit über die Hotelszene erzählt hat, bin sogar eher ich die Ehebrecherin. Mir wird schlecht. Unvermittelt stehe ich auf.

„Hans, sei mir nicht böse, aber ich möchte jetzt zurück." „Okay, dann zahle ich und wir gehen", gibt er in erstauntem Ton zurück. Sein Blick wirkt ratlos und das tut mir leid. Auf dem Nachhauseweg will kein so rechtes Gespräch mehr in Gang kommen. Ich kämpfe mit meinem schlechten Gewissen und weiß nicht, wie ich es Hans sagen soll. Er scheint gekränkt zu sein über den plötzlichen Aufbruch und ist wortkarg. Vor der Pension stehen wir eine Weile verlegen da. Da zieht er mich in eine sanfte Umarmung und bei mir brechen auf einmal alle Dämme, ich schlinge meine Arme um seinen Hals, ziehe ihn zu mir herunter und küsse ihn leidenschaftlich. „Ich liebe dich!", flüstere ich ihm noch ins Ohr, bevor ich schnell ins Innere des Hauses flüchte. Mein Herz pocht so laut, dass ich fürchte, alle aufzuwecken. In meinem Zimmer angekommen, luge ich vorsichtig zum Fenster hinaus und sehe, dass Hans immer noch unten steht.

Kurz ringe ich mit mir, ob ich ihn bitte, hochzukommen, doch was würde dann geschehen? Gerade habe ich begriffen, dass mein Mann nicht mich, sondern ich ihn betrogen habe, und wer weiß, was geschehen wäre, wenn Hans nicht gekommen wäre? „Oh, mein Gott!", schluchze ich laut auf und lasse mich aufs Bett fallen. Kann es eigentlich noch schlimmer kommen? Warum bin ich nicht einfach zu Hause geblieben und habe mit ihm geredet? Eine kleine Stimme flüstert mir zu: „Weil dein verdammtes Temperament mal wieder mit dir durchgegangen ist!" Jawohl. Und jetzt sitze ich hier, könnte hemmungslosen Sex mit meinem Mann haben, morgen mit ihm nach Hause zurück zu unseren Kindern fahren und alles wäre wieder gut. Na ja, so ziemlich. Aber nein, ich musste ja auf Giovannis Charme reinfallen. Was jetzt?

Zaghaft klopft es an meine Tür. Ich reagiere nicht. „Ich bin es", flüstert Trudis Stimme. „Tut mir leid, ich will niemanden sehen", gebe ich zurück.

Es dauert eine Weile, dann kommt: „Du weißt, wo du mich findest, falls du Trost brauchst." Mist, sie hat mich weinen gehört. Ich höre, wie ihre Schritte sich entfernen. Schon bin ich an der Tür, reiße sie auf und rufe: „Trudi, warte!" Aber sehr weit war sie nicht gekommen, sodass ich ihr beinahe ins Gesicht schreie, als sie sich umdreht. „Du siehst ja fürchterlich aus", erklärt diese mir, als sie auf dem Bett neben mir Platz nimmt. „Dein Mann scheint doch ein feiner Kerl zu sein, ich habe so für dich gehofft, ihr versöhnt euch." „Das haben wir ja auch, irgendwie." Ratlos sieht Trudi mich an. Wie erklärt man, dass gerade die Welt Kopf steht? Schnell berichte ich ihr von unserem Gespräch am Vormittag. Die beiden waren heute den ganzen Tag unterwegs und ich hatte noch keine Zeit, mit Trudi zu reden. „Aber dann hat Hans dich ja gar nicht betrogen! Das sind doch tolle Neuigkeiten. Vorausgesetzt, du glaubst ihm?", setzt Trudi scharf hinzu, als sie meine Miene sieht. „Ja, ich glaube ihm, aber genau das ist mein Problem." „Was? Dass du ihm glaubst? Wäre es dir lieber, er hätte dich betrogen? Also das kann nun wirklich nicht dein Ernst sein."

„Nein! Aber ich habe ihn mit Giovanni betrogen!", platzt es aus mir heraus. Verdattert guckt Trudi mich an. Oh Mann, was habe ich bloß angestellt. „So richtig betrogen?", fragt diese in meine trüben Gedanken hinein. „Sagen wir mal so, es hat gereicht, und zu allem Übel hat Hans uns auch noch erwischt."

„Also wirklich, Sybille, was machst du nur für Sachen?!", tadelt sie mich. Ich werde neben ihr immer kleiner.

„Aber Hans hat heute Abend nicht den Eindruck gemacht, dass er dir das übel nimmt."

„Das stimmt, aber ich mir, weil ich mich gleich dem Nächstbesten an den Hals geworfen habe, statt wie Hans um meine Ehe zu kämpfen.

Das Schlimmste aber ist, er hat mich gar nicht betrogen und ich mache einen riesigen Aufstand, packe meinen Koffer und gehe. Lasse sogar meine Kinder bei meiner besten Freundin, die keine Ahnung von Haushalt oder Kindern hat. Dann begehe ich auch noch den größten aller Fehler

und lasse mich auf Giovanni ein. Das verzeihe ich mir nie!"
Trudi schüttelt den Kopf, anscheinend hat es nun auch ihr
die Sprache verschlagen. Langsam erhebt sie sich. „Ich mache uns jetzt erst einmal eine schöne heiße Schokolade."
Schon ist sie verschwunden.

Zu Hause in Franken

„Also, ich weiß gar nicht, warum du so niedergeschmettert bist, dass hört sich doch gut an." Hans telefoniert gerade mit Renate und berichtet ihr über den Verlauf des Abends. „Es fühlt sich aber nicht gut an. Sie stand so abrupt auf und wollte gehen, und dann der Kuss, das war eher wie ein Abschied und nicht wie ein Neubeginn." „Ich glaube, da bildest du dir etwas ein. Sybille hat mir gesagt, sie möchte dir verzeihen. Vielleicht braucht sie nur noch ein bisschen Zeit." Nachdenkliches Schweigen am anderen Ende der Leitung. „Jetzt gib dir mal einen Ruck und denk positiv. Möchtest du kurz Pipa sprechen? Sie ist noch wach, zumindest höre ich noch etwas, das sich wohl Musik nennt." Nach dreimaligem Klopfen konnte die Patin sich dann auch Gehör verschaffen und das Telefon mit der Bitte, Hans danach noch einmal sprechen zu wollen, übergeben. Pipa spurtet kurze Zeit später die Treppe hinunter, gibt ihrer Tante einen dicken Kuss auf die Wange und das Telefon in die Hand. Dann begibt sie sich endgültig ins Bett. „Hans? Hallo?" Ein kurzer Blick auf den Hörer zeigt an, dass keine Verbindung mehr besteht. Sie drückt die Kurzwahltaste und ist sogleich wieder mit Hans verbunden. „Ich hatte doch Pipa ausgerichtet, ich möchte noch einmal mit dir sprechen!" „Tut mir leid, davon weiß ich nichts." War ja klar. Inzwischen versteht Renate, worüber sich Sybille oftmals beschwert.

So eine heranwachsende Tochter ist wahrlich nicht immer einfach zu haben.

„Hans, ich muss dich etwas fragen. Übermorgen ist bei mir in der Galerie eine Ausstellung, die nachmittags beginnt und aller Voraussicht nach bis spät in die Nacht dauern wird. Ich habe niemanden für die Kinder. Lydia würde es bestimmt gerne tun, aber das wäre Sybille vermutlich nicht recht. Eddie ist mit seinem Freund auf einer Geschäftsreise in der Schweiz und kommt erst am Wochenende zurück und Helga möchte ich nicht fragen, schließlich ist sie ja eigentlich für den Haushalt und nicht auch noch für die Kinder zuständig. Eure Nachbarin ist im Urlaub.

Wäre es dir recht, wenn ich Sybille bitte, zu kommen?" „Grundsätzlich schon, aber wenn Sybille abreist, habe auch ich keinen Grund mehr, hierzubleiben. Ich kann also genauso gut nach Hause kommen." „Gemeinsam mit Sybille?"

„Renate, ich habe dir doch erzählt, wie der Abend verlaufen ist. So wie es aussieht, komme nur ich."

„Aber du hast doch gerade gesagt, wenn Sybille kommt, gibt es für dich auch keinen Grund mehr, dortzubleiben", hakt Renate nach. „Wie kann man nur so begriffsstutzig sein? Du wirst sie gar nicht erst fragen. Ich komme und Sybille bleibt hier. Punkt." Das Klicken und Tuten zeigt Renate an, dass Hans aufgelegt hat. So recht kann sie sich keinen Reim darauf machen. Warum will Hans nicht, dass Sybille nach Hause kommt? Glaubt er denn wirklich, ihre Ehe sei beendet? Schnell wählt sie Sybilles Nummer, doch nur die Mailbox geht ran. Sie hinterlässt eine Nachricht mit

Bitte um Rückruf. Renate telefoniert noch mit Lydia, die wissen will, wann Hans denn wiederkommt. „Wahrscheinlich morgen Abend. Ich gebe Ihnen gerne Bescheid."

Aber ihre beste Freundin meldet sich nicht. Wieder einmal. So langsam ist Renate richtig sauer. Sie versucht, hier Kinder, Haushalt und Beruf unter einen Hut zu bekommen, was ihr sowieso schon mehr schlecht als recht gelingt. Nebenbei gibt es da noch Eddie, der zum Glück Verständnis hat, aber ihre Zeit ist nun mal begrenzt. Nächste Woche Mittwoch reist Eddie ab, und was dann? Sie haben gerade mal noch ein Wochenende und nichts ist geklärt! Aber ihre Freundin macht keinerlei Anstalten, nach Hause zu kommen oder sich wenigstens einmal zu melden. Inzwischen hat Renate schon mehr Kontakt mit Hans als mit Sybille. So kann das doch nun wirklich nicht weitergehen. „Und jetzt muss ich deinetwegen sogar noch einen Kochkurs machen!", schimpft sie laut vor sich hin, als sie im Gästezimmer in ihr Bett fällt. Noch einmal probiert sie ihr Glück, doch erneut ertönt das Signal der Mailbox. „Sybille, jetzt ist endgültig Schluss mit lustig, ich erwarte, dass du dich gefälligst bei mir meldest! Ist das klar?!" Wütend hämmert sie auf den roten Knopf zum Beenden der Verbindung.

Sybille auf Reisen

Der Morgen könnte schwärzer nicht sein. Ich habe extrem schlecht oder besser gar nicht geschlafen, obwohl Trudi meinte, auf die heiße Schokolade schlafe ich bestimmt wie ein Murmeltier. Weit gefehlt. Als sie mit zwei dampfenden Tassen wiederkam, hat sie mich noch einmal ins Gebet genommen und mir erklärt, dass ich mir das mit Giovanni verzeihen muss, sonst hat meine Ehe keine Chance. Da mag sie wohl recht haben, aber leider habe ich keinen Zauberstab, der – schwups – alles wieder in Ordnung bringt.

Bevor ich mich halbwegs beruhigt ins Bett begab, wollte ich Pipa noch eine Nachricht schreiben. Renate hatte mir zweimal auf die Mailbox gesprochen. Nachdem ich beide Ansagen abgehört hatte, war es um meine Nachtruhe endgültig geschehen. Es war schon nach zwölf, also zu spät, um noch zurückzurufen. Hatte sie mit Hans gesprochen? Und wenn ja, was hatte er ihr erzählt?

Nachdem ich nun ausgiebig geduscht und meinen ersten Kaffee getrunken habe, heute einmal von Doro und nicht von Giovanni überreicht, fühle ich mich wacher, aber nicht besser. Meine Hand liegt schon auf dem Handy, um Renate anzurufen, da klopft es. „Herein!", rufe ich und erwarte Trudi. Als ich mich umdrehe, steht jedoch Hans vor mir. Mein Herz macht einen Satz und stolpert dann im Galopp weiter. Der Mund wird plötzlich ganz trocken und ich krächze: „guten Morgen."

„Tut mir leid, wenn ich dich so früh schon störe." „Nein, nein du störst doch nicht!" Was für ein geistreiches Gespräch führen wir da gerade eigentlich? „Hans, es tut mir leid, ich wollte dich gestern nicht so stehen lassen", beeile ich mich, weiterzureden. Er öffnet den Mund, doch wenn ich nun nicht weiterspreche, verlässt mich der Mut. „Lass mich dir erklären, was los war." Stummes Nicken. „Es war ein schöner Abend und ich habe ihn wirklich genossen. Du hast mich gefragt, ob ich dir glaube, was Lydia angeht, und heute kann ich aus tiefstem Herzen antworten: Ja, das tue ich. Aber ...", setze ich sofort hinzu, als ich sehe, wie er Luft holt.

„Aber verzeihst du mir? Schließlich bin nun ich diejenige, die einen anderen geküsst hat." Seine freudigen Gesichtszüge geraten durcheinander. Ich halte die Luft an. Hatte er es verdrängt oder wollte er es einfach vergessen? Egal wie, ich habe ihn wieder damit konfrontiert. „So gern ich es rückgängig machen würde, ich kann es nicht. Hans, ich bin nicht stolz auf mein Handeln. Schon gar nicht, weil ich dich so schäbig behandelt habe und dann genau das tue, was ich dir vorgeworfen hatte. Es tut mir leid."

„War es denn nur ein Kuss?", fragt er mich mit belegter Stimme. „Ja, ich schwöre dir, da war nicht mehr. Ein schwacher Moment, mir ging es so elend und ich wollte nicht wahrhaben, dass du mich nicht mehr liebst ..." „Schon gut! Lass gut sein. Ich weiß ganz genau, wie du dich gefühlt hast, mir ging es ja ähnlich. Deswegen bist du also gestern so schnell gegangen, weil du Angst hattest, ich verzeihe dir nicht?" Nun nicke ich stumm. „Ich gebe zu, dich in den Armen eines anderen Mannes zu sehen, noch dazu eines so jungen und gut aussehenden, hat mich hart getroffen. Aber meine Liebe zu dir ist größer als mein verletzter Stolz und ich habe selbst einiges dazu beigetragen, dass wir in so eine verfahrene Situation geraten sind." „Heißt das, du vergibst mir?" „Ja, und ich hoffe, du mir auch."

„Das habe ich doch schon längst!", rufe ich und falle ihm um den Hals. Er gibt mir einen Kuss auf den Scheitel und schiebt mich sanft von sich weg. „Sybille, ich bin eigentlich gekommen, um dir zu sagen, dass ich abreise." „Was? Wieso denn? Ist etwas mit den Kindern? Gibt es Probleme?" Leise lachend zieht er mich an sich. „Alles ein bisschen, aber nichts Schlimmes."

Na, daraus soll dann mal einer schlau werden. Wieder dieses leise Lachen. „Mit den Kindern ist alles in Ordnung, aber Renate hat morgen einen Vernissage und niemanden, der auf die Kinder achtet. Sie wollte dich fragen, doch ich meinte, es wäre wohl besser, ich fahre nach Hause. Du hast mir gestern Abend eher den Eindruck vermittelt, als wäre das ein Abschied." „Oh, du meine Güte! Jetzt weiß ich auch, warum Renate so wütend war. Ich muss sie unbedingt anrufen!" „Tu das, und ich mache mich auf den Weg, sonst wird es spät, bis ich nach Hause komme." Gekränkt sehe ich ihn an.

Will er denn nicht fragen, ob ich mitkomme?

„So gern ich dich auch jetzt gleich dabeihätte, aber noch ein paar Tage Urlaub tun dir bestimmt gut. Und ich glaube, du musst dir das mit diesem Italiener verzeihen, bevor wir zwei dann bis ans Ende unserer Tage miteinander glücklich sein können", beantwortet er meine Gedanken.

Es sind die gleichen Worte wie Trudis und anscheinend haben beide recht. Ich nicke schwach und stehe traurig mit hängenden Schultern vor ihm. „Ich liebe dich, dass weißt du. Versprich mir einfach, dass du, wenn du so weit bist, nach Hause kommst und wir wieder eine Familie sind, okay?"

„Das mache ich. Drück die Kinder von mir und sag ihnen, wie sehr sie mir fehlen und dass ich sie liebe."

Hans küsst mich noch einmal liebevoll. Am liebsten würde ich schreien: „Nimm mich mit!" Stattdessen stehe ich weinend am Fenster.

Zu Hause in Franken

Pipa und Renate haben ihren ersten Kochkurs. Bereits nach einer halben Stunde sind Tante und Patenkind ordentlich verkracht, der Rest des Kurses irritiert und der Koch rauft sich die Haare. Man könnte sagen, die beiden waren erfolgreich. Zumindest, was den Unterhaltungswert des Ganzen angeht. Irgendwann schreitet der Koch dann doch ein und trennt die beiden Streithähne. Von da an kann das Kochen, mit einigen kleineren Zwischenfällen fast normal ablaufen. Am Ende der zwei Stunden sitzen tatsächlich alle zufrieden und geschafft am Tisch und genießen ihre erste selbst zubereitete Mahlzeit: Wiener Schnitzel mit Bratkartoffeln und grünem Salat. Insgesamt sechsmal zwei Stunden werden in den folgenden Wochen absolviert und den Jungköchen dabei so einiges nahegebracht. Schon jetzt steht für alle Teilnehmer fest, es wird sich lohnen. Und man glaubt es kaum, auch Renate und Pipa sind sich einig. Gut gelaunt machen sie sich auf den Nachhauseweg. Unterwegs wird noch Tizian vom Kindergarten abgeholt, der den restlichen Weg davon berichtet, was er heute erlebt hat. Der Anrufbeantworter blinkt hektisch, als Renate den Flur betritt. Nachdem alle ausgezogen und Pipa und Tizian beschäftigt sind, hört sie mit einer Tasse Kaffee in der Hand die Nachrichten ab. „Renate! Hey, wo bist du? Egal, wann ich anrufe, immer habe ich nur die Mailbox. Ich wollte dir mitteilen, dass ich heute Abend so zwischen acht und zehn zu Hause sein werde. Falls es später wird, melde ich mich. Also bis dann!" Das war Hans, gleich darauf hört sie die Stimme ihrer Freundin. „Ich würde es dir lieber persönlich sagen, aber ich kann dich nicht erreichen, hoffentlich ist nichts mit den Kindern." „Nein, ich hatte nur einen Kochkurs dank dir!", murrt Renate. „Es tut mir leid, ich wollte heute mit Hans nach Hause kommen, aber er möchte, dass ich noch bleibe. Dabei wäre ich so gerne bei euch! Ruf mich bitte an."

Ein schneller Blick ins Wohnzimmer verrät, Tizian spielt Eisenbahn und Pipa liest auf dem Sofa eine ihrer Teenie-Zeitschriften. Sie nutzt die Gelegenheit und wählt Sybilles Mobilnummer. Schluchzend hebt diese ab. „Was ist denn nun schon wieder los?" Renate kann nicht umhin, genervt zu reagieren. „Eigentlich ist alles okay, aber ich möchte nach Hause!" Verflixt noch mal, was treiben die zwei eigentlich?

„Dann setz dich in dein Auto und komm, egal, was Hans sagt." „Nein, es ist schon okay. Ich bin nur irgendwie so enttäuscht und gleichzeitig erleichtert. Es ist kompliziert."

Ja, das hat Renate auch schon gemerkt. Da führen die zwei jahrelang das, was man eine Bilderbuchehe nennt, und dann kriegen sie so etwas Einfaches wie ein Versöhnungsgespräch nicht auf die Reihe. „Doch, wir haben uns ausgesprochen und es ist wieder alles in Ordnung, könnte man sagen." „Aber?", hakt die Freundin ein. „Aber das Problem ist, dass nicht er mich betrogen hat, sondern ich ihn. Wie verrückt ist das denn?" „Mensch, Sybille, das war doch nur ein Kuss, noch dazu in einer absoluten Ausnahmesituation! Du bist echt ein Schaf. So wie ich Hans kenne, wird er dir das sicher verzeihen." „Das hat er schon. Ich mir aber nicht. Da mache ich ihm die größten Vorwürfe wegen Lydia, verhalte mich als Ehefrau und Mutter unmöglich, indem ich einfach abhaue, und dann stellt sich heraus, er hatte wirklich nichts mit ihr, aber ich schmeiße mich dem Nächstbesten an den Hals."

„Jetzt gehst du ein bisschen zu hart mit dir ins Gericht. Findest du nicht? Warum genau wollte Hans eigentlich nicht, dass du mitkommst?" Sybille seufzt schwer am anderen Ende der Leitung. „Er meint, ich solle erst einmal wieder mit mir ins Reine kommen." „Na, damit scheint er wohl recht zu haben. Sybille, du brauchst dir wegen nichts Vorwürfe zu machen. Deine Kinder lieben dich und Hans auch. Was wäre ich für eine schlechte Freundin, wenn ich dich in so einer Situation hätte hängen lassen?

Das war doch selbstverständlich. Ich bin ja am Anfang auch davon ausgegangen, dass Hans dich betrügt. Hier lief alles bestens." Das war zwar eine absolute Übertreibung, doch der Zweck heiligt eben manchmal die Mittel. „Hör zu, heute Abend wird Hans wieder da sein und ich kann morgen ganz beruhigt meine Ausstellung eröffnen. Außerdem kann ich mir die Dienste die nächsten paar Tage dann mit Hans und Charlotte teilen, die war in Urlaub mit Florian, ist aber ab morgen wieder da. Du siehst, ein paar Tage ausspannen sind schon noch drin." „Ja, das freut mich auch. Mir fehlen halt nur die Kinder so sehr." „Sybille, sie freuen sich aber umso mehr, wenn eine glückliche und entspannte Mutter da ist und kein nervliches Wrack." Das waren harte Worte, aber sie bewirken, dass Sybille sich beruhigt. Sie wird am Abend noch einmal anrufen, um den Kindern Gute Nacht zu wünschen. Mit dem Versprechen, jetzt endlich einmal abzuschalten, verabschiedet die Freundin sich. „Puh, das war aber eine schwere Geburt!" Tizian kommt um die Ecke und schaut sie entgeistert an. „Hast du ein Baby bekommen?"

Oh je, nun hat Renate eine halbe Stunde damit zu tun, dem Kleinen zu erklären, warum sie kein Baby bekommen hat und das eine Redewendung war. Am Ende des Gesprächs sind beide unzufrieden, aber immerhin hat Tizian begriffen, dass Renate kein Kind bekommt.

Sybille auf Reisen

Doro, Trudi und Hermann empfangen mich herzlich auf der Terrasse, als ich an diesem Morgen endlich erscheine. Den dreien bin ich eine Erklärung schuldig. Bei einem Frühstück für mich und dem zweiten Kaffee für den Rest erzähle ich die Begebenheiten der letzten zwei Tage. Alle freuen sich, dass Hans und ich uns wieder versöhnt haben. Aber ich bemerke auch die fragenden Blicke, warum Hans auf dem Weg nach Hause ist und ich noch hier. Trudi ist die Einzige, die mir wissend zunickt. Später möchte ich gerne noch unter vier Augen mit ihr sprechen, aber zuerst steht ein Einzelgespräch mit Doro an. Diese wirkt erstaunt, als ich sie darum bitte. Im hinteren Teil des Hauses befindet sich der Wohn-Schlafbereich. Hier war ich noch nicht. Er ist sehr gemütlich eingerichtet. Die typischen roten Bodenfliesen harmonieren gut mit dem hellen Holz der Schränke und dem leuchtend orangen Sofa. Darauf nehmen wir nun auch Platz. „Doro, ich weiß gar nicht so recht, wie ich beginnen soll."

Offen begegnet mir ihr Blick. „Sybille, glaubst du, ich habe keine Augen im Kopf und kenne meinen Sohn so schlecht? Er hat südländisches Temperament und den passenden Charme dazu, aber er ist kein Casanova, musst du wissen.

Du bedeutest ihm wirklich etwas." Super, jetzt fühle ich mich gleich noch schlechter als bisher. „Ich hoffe, du weißt, dass ich nicht mit seinen Gefühlen spielen wollte, es ist einfach so passiert. Das ist keine gute Entschuldigung, aber die einzige, die ich habe." Traurig sagt sie: „Das ist eine Sache zwischen dir und Giovanni. Er ist erwachsen und trifft seine eigenen Entscheidungen. Natürlich macht eine Mutter sich immer Sorgen, aber letztendlich bin ich zum Zuschauen verdammt. Du sollst wissen, dass ich keinen Groll gegen dich hege. Im Gegenteil, ich mag dich, Sybille, und ich schätze an dir, dass du ein ehrlicher Mensch bist. Sonst hättest du eine Aussprache mit mir vermieden. Ich freue mich sehr für dich und Hans, vor allem aber für deine Kinder. Mein Angebot bleibt bestehen, solltest du irgendwann einmal Interesse an einer Pension in Italien haben. Selbstverständlich könnt ihr auch jedes Jahr hier Urlaub machen, wenn ihr möchtet." Mir wird ganz warm ums Herz, so viel Verständnis hätte ich nicht erwartet. „Danke, das bedeutet mir viel. Ich denke, wir werden gerne darauf zurückkommen, auf den Urlaub, meine ich."

Doro lacht unbeschwert und ich stimme mit ein. „Der Rest wird sich schon finden. Wie wäre es heute eigentlich mit einem Ausflug ans Meer?" Das ist eine tolle Idee, da waren wir noch gar nicht, und was gibt es Besseres für die Seele, als schwimmen im Meer. Im Hinausgehen fällt mir auf, dass ich noch gar nicht gefragt habe, wo Giovanni eigentlich ist. Das hole ich nun nach. „Er ist gestern zurück nach Siena gefahren."

Trudi und Hermann sind auch gleich ganz begeistert von Doros Vorschlag und diese erklärt uns den Weg. Sie kann nicht mitkommen, weil heute noch Gäste erwartet werden.

Bisher waren wir die einzigen Bewohner. Mit dem heutigen Tag ist das Haus besetzt, denn es reisen vier Personen an. Nach einer kurzen Diskussion mit Hermann sitze nun ich hinter dem Steuer auf dem Weg zu einem „fantastischen Strand", wie Doro uns erklärte. Ein Thema brennt mir noch auf der Seele und ich nutze die Gelegenheit während der Fahrt. „In den nächsten Tagen werde ich abreisen. Ihr könnt gerne noch bleiben, aber dann müsstet ihr den Rest eurer Reise mit dem Bus oder Zug fortsetzen. Meinetwegen habt ihr euch eh schon länger als geplant hier aufgehalten." „Aber Kindchen, beides ist doch kein Problem, wir sind Rentner, und wenn wir etwas haben, dann Zeit", erklärt mir Hermann kategorisch.

Der Strand und das Meer sind traumhaft. Man kann weit und ohne Mühe ins Wasser hineinlaufen. Hier gibt es feinsten Sand. Das Wasser ist klar in einer Mischung aus Blau und Grün und der Strand ist sauber und nicht überlaufen. „Das wäre perfekt für die Kinder," denke ich bei mir. Ein Schatten legt sich über mein Gesicht und Trudi bemerkt es. „Du möchtest am liebsten sofort fahren, nicht?" Ich nicke, unfähig zu sprechen, weil ein dicker Kloß in meinem Hals steckt. „Aber Hans denkt, du solltest besser bleiben?" Wieder stummes Zustimmen. „Ich kann mir auch denken, warum. Sybille, die ganze Sache war für keinen von euch beiden einfach. Aber es bringt nichts, sich im Nachhinein Vorwürfe zu machen. Du musst nach vorne sehen. Für deine Kinder und für Hans. Es kann eine neue und vielleicht sogar noch bessere Zeit anbrechen, aber du musst das zulassen." „Hm", brummle ich unbestimmt. „Vergib dir selber und finde wieder Freude am Leben. Obwohl du so geknickt warst, haben wir dich als eine tatkräftige, fröhliche junge Frau kennengelernt. Wo ist die geblieben?"

Tja, wenn ich das nur wüsste? Da kommt gerade Hermann aus dem Wasser und klärt uns auf. „Wisst ihr eigentlich, dass Castelnuovo Berardenga die Partnerstadt von Sybilles Heimatort ist? Wenn wir schon hier waren, werden wir wohl nicht umhinkommen, uns auch mal dein Zuhause anzusehen. Dort gibt es bestimmt ebenso einiges Sehenswertes." Jetzt muss ich wirklich lachen. „Na ja, wenn man auf Kühe, Schafe und Wälder und Wiesen, so weit das Auge reicht, Wert legt, dann bestimmt. Nein, im Ernst, es ist schön in Franken und ich würde mich wirklich sehr freuen, wenn ihr uns besucht. Dann kann ich euch auch einmal meinen Eltern vorstellen. Schließlich seid ihr ja so etwas wie meine Ersatzeltern geworden." „Das hast du aber schön gesagt!", rufen die zwei wie aus einem Munde.

Wir bleiben, bis unsere Mägen vor Hunger krachen. Auf dem Rückweg halten wir an einer Pizzeria und verspeisen genüsslich lecker belegte, wagenradgroße Pizzen. Ich rufe die Kinder an und wünsche eine gute Nacht. Sowohl Pipa als auch Tizian sind hocherfreut, dass Papa wieder da ist. Er hat den zweien bereits erzählt, ich komme in ein paar Tagen nach. Das freut mich zu hören, ist es doch ein Zeichen dafür, dass wir auf einem guten Weg sind.

Es ist bereits kurz vor Mitternacht, als wir an der Pension ankommen. Alles ist dunkel und im Bemühen, nicht allzu viel Lärm zu machen, schleichen wir uns auf unsere Zimmer.

Zu Hause in Franken

Die Kinder sind ganz aufgedreht und an Schlaf ist erst einmal nicht zu denken, als Hans ausgerechnet zur Bettgehzeit durch die Türe tritt. Am meisten aber freut Renate, dass er fast augenblicklich den Kindern berichtet, Mama gehe es sehr gut. Sie soll aber noch ein paar Tage Urlaub machen, bevor der Alltag wieder beginnt. Es scheint, als käme alles wieder in Ordnung. „Zu schade, dass ich ausgerechnet nächste Woche schon wieder fliege", meint Eddie, als sie jetzt mit ihm telefoniert. Es ist bereits halb zehn. Die Kinder waren wirklich lange wach. „Ja, das finde ich auch. Kannst du nicht wenigstens noch bis zum Wochenende bleiben?" „Nein, es geht wirklich nicht. Ich habe einige wichtige Termine, die ich persönlich erledigen muss. Die stehen schon seit Monaten und lassen sich nicht so einfach verschieben." Er wirkt geknickt. „Ich mache dir einen Vorschlag! Was hältst du davon, wenn ich mir von Montag bis Mittwoch freinehme, so haben wir wenigstens noch das ganze Wochenende und die drei Tage miteinander?" „Das wäre wunderbar, aber was ist mit den Kindern?" „Och, das klappt schon. Hans ist ja wieder da. Charlotte auch und Sybille kommt wahrscheinlich spätestens am Sonntag, so wie ich sie kenne." „Schön, ich melde mich, sobald ich wieder zurück bin, und dann, Baby, machen wir zwei uns ein paar tolle Tage!" Bei diesem Versprechen wird Renate ganz heiß. Sie nimmt sich vor, morgen mit Sybille zu telefonieren und einmal vorsichtig nachzufragen, ob schon ein Zeitpunkt für ihre Rückkehr feststeht. Sie befindet sich bereits im Halbschlaf, als eine Nachricht auf ihrem Handy eingeht.

In Erwartung, einen Gute-Nacht-Gruß von Eddie zu erhalten, blickt sie verträumt auf ihr Display, doch es ist Sybille, welche um die Nummer von Lydia bittet. „Oh nein, bitte lass das Ganze nicht von vorne losgehen", stöhnt sie und wieder ist es um ihren Schlaf geschehen. Nach kurzem Hin- und Herwälzen steht sie resigniert auf. Geht in die Küche und macht sich Milch warm. Okay, ein Schluck Whisky wird hinzugefügt, für große Kinder. Ihr Blick fällt auf das Telefon und dann auf die Uhr. Mitternacht. Soll sie wirklich noch anrufen? Andererseits hat vor einer Viertelstunde Sybilles Nachricht für ihre jetzige Schlaflosigkeit gesorgt. Quid pro quo, liebe Freundin, denkt sie sich und wählt bereits. Schon nach dem ersten Klingeln hört sie die Stimme ihrer Freundin. „Oh, du rufst ja gleich zurück, habe ich dich etwa geweckt?" „Ich war noch beim Schafe zählen", erwidert Renate unfreundlich.

„Sorry, aber ich habe überhaupt nicht über die Uhrzeit nachgedacht, wir sind gerade erst nach Hause gekommen." „Schon gut, du hast ja Urlaub. Also wozu brauchst du Lydias Nummer?" Renate merkt selbst, dass sie etwas bissig klingt. „Kein Grund, mich so anzuraunzen. Meinst du nicht, ich sollte mal mit Lydia reden, bevor ich nach Hause komme?" Die Freundin muss zugeben, die Idee ist gar nicht so schlecht. „Aber das fällt dir ausgerechnet nachts um zwölf ein?" „Renate! Bitte gib mir einfach die Nummer und mach dir eine Milch mit Whisky, dann schläfst du ganz bestimmt." Hier merkt man wieder die jahrelange Freundschaft. Sybille kennt sie in- und auswendig. Das Kriegsbeil begrabend, diktiert sie ihrer Freundin Lydias Telefonnummer. „Aber wenn es dir irgendwie möglich ist, rufe sie erst morgen Früh an, okay?", instruiert sie Sybille vorsorglich.

Sybille auf Reisen

„Hallo, Lydia, hier ist Sybille Wurst." Wenn diese erstaunt ist über ihren Anruf, so lässt sie sich zumindest nichts anmerken. „Sybille, hallo! Wie geht es dir denn?", antwortet sie äußerst freundlich. „Danke, mir geht es gut. Lydia, ich möchte mich gar nicht erst lange mit Small Talk aufhalten. Der Grund, warum ich anrufe, ist, weil ich gerne mit dir reden möchte." Jetzt wird hörbar Luft geholt und wieder ausgestoßen. „Solltest du nicht besser mit Hans reden?" Berechtigtes Argument. „Das habe ich bereits. Wir haben uns ausgesprochen. So wie es scheint, habe ich die Situation, in der ich euch sah, gründlich missverstanden." „Das kann ich dir nicht übel nehmen, hätte ich meinen Mann so gesehen, wäre mir wahrscheinlich auch die Sicherung durchgebrannt. Aber er hat mich wirklich nur gestützt. Ich trinke normalerweise nichts und das war an diesem Tag eindeutig mehr, als ich vertrage. Tut mir leid, wenn du andere Schlüsse gezogen hast." „Nein, mir tut es leid, ich hätte mit euch sprechen sollen, anstatt einfach abzureisen. Was geschehen ist, kann ich nicht ändern, aber ich hoffe, wir finden einen Weg, damit der ganze Vorfall deine Geschäftsbeziehung zu Hans nicht belastet." „Ich muss zugeben, deinetwegen hatte ich auch eine Auseinandersetzung mit Thomas. Er war der Meinung, wenn du gleich abreist nach dem, was du gesehen hast, dann war wohl tatsächlich nicht alles so harmlos. Aber mithilfe von Hans konnte ich ihn dann doch eines Besseren belehren. Hier ist zum Glück wieder alles okay. Es war wirklich nicht meine Absicht, uns alle in so eine Situation zubringen. Ich hoffe ebenso das dies unsere Zukunft geschäftlich oder privat nicht weiter belastet." Ich bin mir nicht sicher ob ich den letzten Satz nun als Drohung oder Zusicherung auffassen soll, aber mein Instinkt sagt mir, dass es wohl eher eine Zusicherung war. Nach diesem Telefonat verbringe ich endlich noch zwei unbeschwerte Tage in Italien und verabschiede mich äußerst tränenreich von Trudi und Hermann, die ebenfalls am Folgetag weiterreisen. Ich nehme ihnen das Versprechen ab, sich bei mir zu melden, sobald sie wieder zu Hause sind. Auch Doro verabschiedet sich herzlich von mir. Mit Freude und Bangen im Herzen zugleich mache ich mich auf die lange Heimfahrt.

Zu Hause in Franken

Leise drehe ich den Schlüssel im Schloss und halte den Atem an. Nichts ist zu hören. Es fühlt sich komisch an, nach mittlerweile zehn Tagen wieder mein Heim zu betreten. Irgendwie fremd und vertraut zugleich. Keiner weiß, dass ich komme. Das Auto habe ich vorsorglich eine Straße weiter geparkt. Ich bin mir immer noch nicht sicher, warum ich nicht möchte, dass jemand meine Rückkehr mitbekommt. Vielleicht will ich mir die Möglichkeit einer erneuten Flucht offen lassen. Auf Zehenspitzen schleiche ich durch den Flur, welcher gleich in unseren offenen Wohn-Essbereich übergeht. Vorsichtig schaue ich um die Ecke und sondiere die Lage. Ein ungewohntes Bild erwartet mich. Meine Tochter und mein Mann stehen einträchtig nebeneinander und bereiten anscheinend das Abendessen vor.

Tizian sitzt im Wohnzimmer und spielt ganz vertieft Lego. Ein kurzer Rundumblick bestätigt mir, dass alles so weit sauber ist. Offensichtlich hat meine Abwesenheit die Rasselbande zu etwas mehr Ordnung erzogen. Ich kann mir Renate nicht als Putzfee vorstellen, sehr wohl aber als Feldwebel, welcher alles genauestens überwacht. Pipa und Hans ziehen sich gerade gegenseitig auf, wer von beiden wohl die Paprikaschoten besser schneidet. Aus dieser Entfernung befinde ich als stummer Schiedsrichter: keiner. Aber sie müssen nicht schön, sondern essbar sein. Gerade als ich mit mir hadere, ob ich noch einmal umkehre und mich an der Tür bemerkbar mache, dreht Tizian den Kopf in meine Richtung. Seine Kinnlade klappt nach unten. Sekunden verstreichen und ich lächle etwas verunsichert. Mein kleiner Knopf hat mir die lange Abwesenheit sicherlich übel genommen.

Trotzdem breite ich die Arme aus - und er fliegt hinein.

„Maaaaamiiiiii!", kreischt er dabei in überdimensional hoher Tonlage. Aus den Augenwinkeln beobachte ich Mann und Tochter, die so zusammenzucken, dass sie beim Umdrehen mit den Köpfen aneinander krachen. Beide reiben sich nun jeweils links und rechts die Stirn und kommen zögerlich näher. Oh je, jetzt hagelt es gleich Vorwürfe. Zu meiner Überraschung und gnadenlosen Erleichterung umarmen mich die zwei ganz fest. „Ich hab dich lieb!", flüstert Pipa in mein Ohr und drückt sich noch fester an mich. Hans nimmt Abstand und sieht mir tief in die Augen. Er sagt kein Wort, aber das muss er auch nicht. Wir sind so lange zusammen, da kann ich tatsächlich erkennen, was er mir gerne sagen würde. Sie wollen es auch wissen? Na, sagen wir mal so, es ist ein Versprechen.

Nachdem sich die Wiedersehensfreude geglättet hat und wir zu Abend gegessen haben – es gab Rührei mit Schinken, gebratene Paprikaschoten und einen leckeren Salat, alles von Pipa und Hans zubereitet –, frage ich nach Renate.

„Die hat uns wahnsinnig unterstützt, ohne sie hätten wir das alles gar nicht geschafft", erklärt mir Pipa begeistert. „Und ich habe dich oft so vermisst, aber da hat Renate dann mit mir gekuschelt und eine Geschichte vorgelesen.

Sie meinte, auch Mamis brauchen einmal Urlaub." Ich nicke und enthalte mich jeglichen Kommentars. Diese Auszeit habe ich tatsächlich dringend gebraucht und auch genossen, doch eines ist mir klar geworden. Wenn man eine Familie hat, kann man manchmal nicht mit ihr, aber noch viel weniger ohne sie leben. Deswegen wird es in den nächsten Jahren nur noch geplante und wesentlich kürzere Auszeiten geben.

Verzichten darauf werde ich nicht mehr, das habe ich mir fest vorgenommen. Wie hat Renate so schön gesagt: „Auch Mütter brauchen einmal Urlaub!"

Nachsatz

Ich verrate Ihnen noch kurz etwas. Meine beste Freundin treibt sich gerade in Australien herum. Sie hat mir schon einige Bilder gemailt und zumindest das Haus sieht eher aus wie in „Vom Winde verweht" und nicht wie ein Bauernhof. Bis jetzt scheint es wohl auch mit Eddie zu funktionieren. Nach Weihnachten will Renate uns besuchen kommen und an Pfingsten, wenn sie es so lange aushält, fliegen wir rüber. Ich habe vorsorglich noch nicht gebucht. Die Frau im Reisebüro hat mir freundlicherweise versichert, dass es auch Ende Januar kein Problem sei, noch einen Flug für vier Personen nach Australien zu bekommen. Sie fehlt mir sehr. Unser Leben hat inzwischen wieder halbwegs seine gewohnten Bahnen angenommen. Einige Ausnahmen gibt es jedoch. Hans hat durch Lydias Einstieg wirklich mehr Zeit für uns. Wir nehmen uns regelmäßig eine Auszeit zu zweit. Pipa ist jetzt fest mit Konstantin zusammen. Ich beobachte das Ganze mit Argusaugen, aber auch Lydia wacht wie eine Löwin über die beiden. Das beruhigt mich sehr. Überhaupt verstehe ich mich mit meiner „Nebenbuhlerin" immer besser und ich zähle sie schon fast zu meinem Freundeskreis. Das Leben kann so schön sein!

Vielen Dank!

Ich möchte mich bei meiner herrlichen Familie und all meinen Freunden bedanken. Ohne euch wäre dieses Buch niemals entstanden.

Es steckt von jedem ein Körnchen, oder besser gesagt, ein paar Sätze, in diesem Buch.

Ein großer Dank auch an meine Lektorin Edith Backer die viel Geduld mit mir hatte und mir Mut zugesprochen hat.

Lust, gleich weiter zu lesen?

Alle Bücher unter www.sandy-farmer.com

Mehr über die Autorin erfahren Sie auch auf ihrer Facebook Seite: www.facebook.com/sandyafarmer72

FSC
www.fsc.org
MIX
Papier | Fördert
gute Waldnutzung
FSC® C083411

Zeitfracht Medien GmbH
Ferdinand-Jühlke-Straße 7
99095 Erfurt, Deutschland
produktsicherheit@kolibri360.de